VICTOR
CORDI

Cycle 1 — LIVRE 1

Les éditions de la courte échelle inc.
160, rue Saint-Viateur Est, bureau 404
Montréal (Québec) H2T 1A8
www.courteechelle.com

Révision : Luc Asselin

Dépôt légal, 2ᵉ trimestre 2013
Bibliothèque nationale du Québec

La courte échelle reconnaît l'aide financière du gouvernement du Canada par
l'entremise du Fonds du livre du Canada pour ses activités d'édition. La courte
échelle est aussi inscrite au programme de subvention globale du Conseil des arts
du Canada et reçoit l'appui du gouvernement du Québec par l'intermédiaire de
la SODEC.

La courte échelle bénéficie également du Programme de crédit d'impôt pour
l'édition de livres – Gestion SODEC – du gouvernement du Québec.

**Catalogage avant publication de Bibliothèque et Archives nationales du Québec
et Bibliothèque et Archives Canada**

Bacon, Annie
Victor Cordi

Éd. originale 2012
Sommaire : Livre 1. L'anomalie maléfique.
Pour les jeunes de 9 ans et plus.
ISBN 978-2-89695-447-6 (v. 1)
I. Benoit, Mathieu. II. Titre. III. Titre : L'anomalie maléfique.

PS8603.A334V52 2013   jC843'.6   C2012-941766-1
PS9603.A334V52 2013

Imprimé au Canada

ANNIE BACON

VICTOR CORDI

Cycle 1 — LIVRE 1

L'ANOMALIE MALÉFIQUE

Illustrations de
Mathieu Benoit

la courte échelle

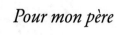

Pour mon père

CHAPITRE I

Le capitaine Carbone saute sur une autre plateforme à suspension magnétique et arrive à portée de tir des trois extraterrestres enragés. Accroché au mur de métal par ses pattes à ventouses, l'un d'eux crache une giclée de venin acide en direction du héros galactique. Ce dernier a prévu le coup. D'un saut périlleux, il quitte la minuscule surface pour la relative sécurité du corridor, anéantissant en plein vol un premier ennemi d'un jet de son fusil protonique à rayonnement rechargeable. Il atterrit, ajuste son tir de nouveau et élimine les deux survivants accrochés au plafond.

Une porte s'ouvre automatiquement à son approche avec un « swoush ! » discret. De l'autre côté, la pièce grouille d'extraterrestres belliqueux, mais le capitaine en a vu d'autres ! Il roule sur le côté et règle son fusil sur «tir en éventail». Une fois l'endroit nettoyé de tout ennemi, il s'agrippe à un poteau horizontal pour atteindre le niveau supérieur. L'ascension devra attendre, un énorme monstre à tentacules fait irruption dans la pièce. Le combat s'annonce sans merci...

— Vic! Éteins ta console de jeu, on part!

Zut! Le garçon de douze ans, qui enserre des deux mains la manette noire à boutons multicolores, a bien envie d'accompagner ses parents à l'hôpital pour visiter sa grand-mère paternelle adorée. Cependant, il espérait avoir le temps de terminer son niveau avant.

D'un mouvement de la tête, il retrousse la mèche brune qui menace de lui obstruer la vue. Il faut dire que Victor Cordi garde ses cheveux plus longs que raisonnable afin de cacher ses oreilles trop décollées à son goût. À la moquerie «portes de grange» proférée par ses camarades de classe, il préfère nettement le commentaire de «pouilleux» chuchoté avec réprobation par les amies de sa mère. Sa silhouette mince, perdue dans un chandail trop grand, ferait mentir toutes les études tentant de relier jeux vidéo et obésité chez les jeunes. Sans perdre un iota de concentration, il réplique.

— Dès que j'aurai terminé, je vais mettre mon manteau et courir jusqu'à la voiture, promis.

Vic se doute bien qu'il ne gagnera pas une discussion avec sa mère. Après tout, Catherine Langevin n'est pas avocate pour rien. Sa coiffure et son maquillage impeccables rappellent, même la fin de semaine, qu'elle est aussi méticuleuse qu'implacable.

Heureusement, le garçon ne vise pas à convaincre un jury, seulement à gagner assez de temps pour atteindre le prochain point de sauvegarde.

— Jeune homme, tu éteins la télé et tu viens tout de suite !

Le monstre extraterrestre a déjà perdu la moitié de ses points de vie, et la mère de Vic, les trois quarts de sa patience. Le garçon entre en mode argumentation, exercice qu'il apprécie presque autant que ses jeux vidéo.

— Il ne me faut qu'une minute pour terminer mon niveau. Si, ensuite, je m'habille en dix secondes et cours vers la voiture en moins de vingt, nous arriverons plus tôt que si je ferme la console maintenant mais prends mes deux minutes habituelles.

Il ne déteste pas les mathématiques non plus.

Clic! La télé s'est éteinte; l'autorité paternelle s'en est mêlé. Si la mère de Vic peut discuter un point de discipline des heures durant, son père, lui, tend plutôt vers l'action. François Cordi, un manteau déjà posé sur ses larges épaules, a saisi la télécommande dans le dos de son fils pour éteindre l'appareil.

Comme la console, elle, est toujours en fonction, Vic appuie discrètement sur le bouton «pause» de la manette et dépose celle-ci de manière à ce que le jeu ne puisse être réactivé par accident. Avec une petite pensée reconnaissante pour l'ignorance parentale en matière de jeux vidéo, il se lève du divan tel un bon fils obéissant. Le capitaine Carbone, immobilisé en pleine roulade à deux mètres du monstre, attendra bien son retour.

CHAPITRE 2

La chambre d'hôpital est fidèle aux souvenirs de Vic : blanche, morne et aseptisée. Mamie Glantine, par contre, a beaucoup changé dans la dernière semaine. Autrefois, les rides de la grand-mère soulignaient ses rires, mais elles ne forment plus que de profonds sillons de fatigue. Même ses yeux gris-vert, toujours animés d'un mélange d'amour et de joie de vivre, se voilent de lassitude.

La gorge de Vic se serre. Pour ne pas pleurer, il se concentre sur les nombreuses machines encombrant la pièce. Un appareil fait « ding » et trace des successions de petites montagnes vertes sur un écran noir. Le garçon imagine le capitaine Carbone sautant d'une montagne à l'autre comme dans une version archaïque de son jeu préféré.

— Viens, mon Totor.

Le surnom affectueux soufflé par la voix chevrotante de sa grand-mère le tire de sa rêverie. Églantine Cordi a toujours été la seule à appeler son petit-fils par la deuxième syllabe de son prénom. La seule aussi à traiter ses allergies aux noix comme un détail bénin, à lui lire encore des livres avant de s'endormir, à gagner contre lui au jeu du « premier qui rit a perdu ». Victor s'approche du lit et lui offre sa main. Plutôt que de la prendre, la grande malade y dépose une boîte de fer-blanc au couvercle cabossé.

— À petit cadeau donné, impossible d'être oublié.

Elle prononce la phrase avec rythme, comme une comptine. La grand-mère de Victor a toujours aimé les phrases toutes faites, proverbes, vieux adages.

Vic admire son présent : le fourre-tout de sa mamie. La boîte aux illustrations à demi effacées regorge de ces objets dont on ne sait que faire, sans pouvoir se résigner à les jeter. Un amalgame hétéroclite d'aimants, d'outils brisés, de clés inutilisables et de mille autres bidules s'y est accumulé au fil du temps. Si la plupart des adultes lèvent le nez sur un tel ramassis de babioles, Victor a toujours chéri cette boîte comme un trésor. Elle est à l'origine même de son amour des choses inutiles, témoins de notre société de consommation, dont il fait collection. S'il devait enterrer quelques objets pour les générations futures, il mettrait certainement dans cette capsule temporelle une grenouille en céramique, un crayon à motif de Pâques et une brosse à dents musicale.

Mais pourquoi recevrait-il ce présent aujourd'hui, alors qu'il n'y a ni festivité ni anniversaire à l'horizon ? Il remarque son père, une vieille bouilloire à sifflet entre ses mains trapues et une larme sur la joue. Églantine Cordi, née Fontaine mais mariée à une époque où les femmes prenaient encore le nom de leur mari, consciente de l'importance de son cancer et de l'inefficacité des traitements, a décidé de distribuer quelques objets personnels afin de profiter, de son vivant, de la surprise de ses proches.

Il faut à Victor un effort surhumain pour lui offrir la réaction attendue. La tête penchée sur son cadeau, son Totor la regarde à travers sa frange avec un sourire se creusant un peu plus loin dans la joue gauche que dans la droite, comme toujours. Leurs yeux restent soudés quelques secondes, le temps que le garçon réussisse à refouler sa peine pour plutôt laisser transparaître son bonheur.

Un grand bras orné de taches de rousseur prend la tête de Vic en otage et interrompt ce moment de complicité. Une série de phalanges lui râpe le cuir chevelu avec force ; son cousin Kevin est venu chercher sa part du gâteau.

Vic cède à regret sa place au chevet de leur grand-mère. Sachant que son cousin voudra l'embêter dès sa surprise en poche, le garçon s'éloigne de la chambre, en quête d'une cachette sûre pour ouvrir la boîte en toute quiétude. Kevin, pourtant son aîné d'une seule année, a la fâcheuse habitude de traiter Victor en bébé, parce que ce dernier ne connaît pas le nom de tous les groupes rock de l'heure.

Dans le corridor vert pâle de l'aile réservée aux soins de longue durée, Victor marche au son du « flac ! flac ! » des semelles à demi décollées de ses souliers de course. Il découvre un placard dont la porte s'est bloquée sur un chiffon et s'y enferme. Confortablement assis sur un seau renversé, il contemple enfin son présent à la lumière de l'unique néon baignant balais et serpillières d'une lueur froide. Il savoure quelques instants l'attente avant l'ouverture : avec le trésor de mamie, le véritable délice, c'est la surprise de voir les objets qui y ont été ajoutés depuis la dernière fois.

Il soulève le couvercle. La récolte n'est pas banale : un ouvre-bouteille en forme de sapin de Noël, une pince métallique, trois nouvelles clés, une roche contenant des éclats de cristaux. Bref, des trucs aussi inutiles que merveilleux.

Après quelques minutes de découverte, il songe à récupérer sa console portable, laissée dans la chambre de sa grand-mère. La mission sera intéressante : récupérer l'objet tout en évitant Kevin… Digne d'une infiltration de base ennemie par le capitaine Carbone. Sa main se pose sur la poignée du placard à balais, mais celle-ci refuse de tourner.

Verrouillée.

Il s'est stupidement enfermé, prisonnier d'un rangement de un mètre carré ! Il songe à tambouriner sur la porte, mais préférerait une solution plus discrète, afin de limiter le nombre de témoins de son humiliation. Il faut dire que l'infirmière de service, entrevue lors de leur arrivée, serait plutôt du type gardienne de prison que « gentille-nounou-donneuse-d'autocollants ». Mieux vaudrait éviter son implication.

Si les jeux vidéo ont appris une chose à Victor, c'est bien de se sortir d'une prison, quelle qu'elle soit ! Creusant dans ses souvenirs virtuels, il explore les solutions. Faire exploser la porte à grands coups de grenades ? Manque de matériel. Ramper par une trappe d'aération ? Un survol rapide du placard lui indique qu'il en est dépourvu, ce qui explique en partie l'odeur ambiante de vadrouille humide. Crocheter la serrure ?

La boîte de mamie Glantine contient justement quantité d'outils pouvant être utilisés à cette fin ! Le garçon attaque le trou à l'aide d'une épingle à cheveux, un classique. Malheureusement, la technique lui échappe. En s'avouant intérieurement que ses chances de réussite sont de une sur plusieurs millions, il essaie chacune des clés du coffre. Elles sont nombreuses et l'opération, faute de succès, lui occupe les mains et l'esprit en attendant qu'un concierge ait besoin d'un balai.

Certaines clés acceptent de pénétrer dans le trou de la serrure, mais tout mouvement vers la gauche ou la droite s'avère vain. Victor prend la dernière. Un examen attentif révèle que celle-ci est d'un argenté plus lustré que les autres. Elle lui rappelle les bagues en titane que ses parents se sont offertes en gage d'amour quelques mois avant sa naissance, faute d'un mariage en bonne et due forme.

Victor pose la boîte de sa grand-mère sur une tablette et approche la clé de la serrure. Elle glisse aisément dans l'ouverture, bien que celle-ci semblait, au premier abord, trop petite. D'un mouvement de poignet, il la fait pivoter. À sa grande surprise, il ne rencontre aucune résistance. La poignée suit à son tour et, avec un déclic, elle se libère.

Une telle réussite, en dépit des probabilités, nécessite une danse de la victoire ! Vu le manque d'espace, Victor se contente de lever les genoux en alternance tandis que ses bras pompent de haut en bas en suivant un rythme imaginaire. «Oh oui! oh oui! serrure crochetée, oh oui!» chuchote-t-il en cadence pour ne pas attirer l'attention de l'infirmière de service.

Après un tour sur lui-même, Vic retrousse sa frange et ouvre la porte d'un geste théâtral. Un fort soleil estival agresse ses pupilles. Une brise chaude s'engouffre dans le placard, apportant avec elle une impossible cohue de chants d'oiseaux et de voix agitées. La porte est ouverte… mais pas sur le corridor vert pâle de l'hôpital.

CHAPITRE 3

Le bras levé en parasol au-dessus de son front, Victor Cordi plisse ses yeux noisette jusqu'à ne laisser passer qu'un mince filet de lumière. L'éblouissement diminue, mais ce qu'il voit ne peut être réel. Le placard de l'hôpital s'ouvre sur la modeste place publique d'un village. Des fermiers sont massés devant une estrade d'où un homme d'une vingtaine d'années les exhorte à la révolte à l'aide d'un porte-voix.

— C'en est trop ! Notre troupeau est complètement décimé ! Il faut faire quelque chose !

La foule docile ponctue les dires de l'interlocuteur de «oui» convaincus. Vic se frotte les yeux dans l'espoir de faire disparaître la scène impossible. Au contraire, lorsqu'il porte attention aux détails, elle lui apparaît plus réelle encore, bien que remplie d'éléments absurdes. Par exemple, le visage des habitants est tacheté de différentes teintes de brun et leur corps s'orne de longs piquants de la tête jusqu'aux fesses.

Toujours dans son placard, Vic referme la porte comme il éteint parfois la télé lorsqu'une séquence de film d'horreur lui donne le frisson. Il reste prostré, assis sur le seau, dans une tentative désespérée de recouvrer ses esprits. Comment expliquer un tel phénomène ? Il retire la clé et tente d'ouvrir de nouveau. Verrouillée. Prenant son courage à deux mains, il remet la clé et pousse la porte. Celle-ci cède et révèle le même village, rempli des mêmes habitants étranges. Puisque l'éventualité d'être coincé dans un espace de un mètre carré ne lui semble guère préférable, il glisse la clé dans la poche arrière de son jean et prend la décision d'investiguer la scène.

Sur l'estrade, l'orateur continue son exhortation.

— Si ça continue, nous n'aurons plus rien à manger. Nous devons punir les coupables !

— Mais qui sont-ils ? ose demander un spectateur moins hypnotisé que les autres par le charisme de l'orateur.

La question arrête ce dernier dans son élan, comme si sa réflexion ne s'était pas rendue jusque-là.

Toute intention de la part de Vic de s'approcher de la foule discrètement se voit contrecarrée par la semelle de son soulier gauche qui se coince dans l'anse de son siège de fortune. Il tombe vers l'étrange scène dans un fracas de plastique. Lorsque sa tête traverse l'ouverture de la porte, il est ébloui par une vive lueur mauve qui ne dure qu'un instant, mais qui lui transperce le crâne et lui lève le cœur. L'étourdissement l'affecte quelques secondes, au bout desquelles il relève la tête. À travers ses mèches de cheveux, il distingue des dizaines de paires d'yeux noirs enfoncés dans les visages tachetés des villageois.

Réalisant qu'il a perdu l'attention complète de son auditoire, l'orateur ajoute une bonne dose de peur à son discours.

– Les attaques qu'ont subies nos élevages sont anormales, et les prochaines victimes pourraient être vos voisins, vous-mêmes ou vos enfants !

Le dernier mot, vociféré avec conviction, obtient l'effet escompté. La foule est de nouveau pendue à ses lèvres, prête à faire ses quatre volontés. Seuls quelques individus jettent encore un œil curieux derrière eux, en direction du garçon à l'accoutrement bizarre. Chacun de ces regards irrite l'orateur qui désire s'assurer d'une attention complète avant de passer à la phase finale de sa harangue, soit l'encouragement à donner généreusement à l'Organisation contre l'anomalie maléfique, dont il est l'unique responsable. Un plan s'échafaude dans son esprit. Une des personnes de l'assistance lui a demandé un coupable… et le hasard lui en livre un sur un plateau d'argent.

— Depuis la guerre des Ghorix, nous vivons dans la paix et la quiétude. Mais si l'histoire nous a appris une chose, c'est bien que les perturbations viennent toujours de l'extérieur. Nos malheurs actuels doivent être l'œuvre d'un étranger !

Pour avoir souvent entendu sa mère répéter ses plaidoiries, Vic comprend la tournure que prennent les choses quelques secondes avant la foule. Il recule jusqu'à la porte et considère l'humiliation de s'être enfermé dans un placard par erreur comme un moindre mal. Même l'infirmière-gardienne-de-prison ne lui semble plus si intimidante. Sans quitter la foule des yeux, il recule jusqu'à l'embrasure de la porte, tâtant dans son dos pour retrouver la poignée. Le battant s'est refermé derrière lui au moment de sa chute et ses mains ne rencontrent que du bois uni.

— Cet étranger est venu admirer l'étendue des dégâts! Il nous nargue, nous les Kampitois et les Kampitoises, jusque dans notre cher village de Kerr Haven! continue l'orateur sur son estrade, un doigt accusateur pointé vers Victor.

Ce dernier se tourne vers sa seule chance de fuite, la prudence cédant à la panique. La porte devant laquelle il se trouve orne le mur d'une maisonnette à colombages recouverte d'un toit de tuiles bleutées. Seule sa dimension rappelle la porte du placard de l'hôpital. Des deux mains, Vic agrippe la poignée.

Un villageois plus excité que les autres n'attend pas la conclusion de l'orateur. Il crie : «Attrapons-le !» Par cette simple phrase, il déclenche un mouvement de foule. L'assemblée se tourne vers le garçon.

Vic tire et pousse jusqu'à ce que la porte s'ouvre enfin… sur une vaste cuisine au sol de terre battue, occupée par une longue table et de multiples tabourets de bois. La foule se presse derrière le garçon en levant des avant-bras menaçants, lui laissant peu de temps pour réfléchir aux implications de la disparition du placard ! Les piquants sur le dos des habitants se hérissent, reflétant leurs intentions belliqueuses. D'une simple contraction de muscle, l'un d'eux projette ses piquants qui viennent se planter dans le bois de la porte, à quelques centimètres du nez de Vic. Le garçon s'élance à l'intérieur de la maisonnette, en priant pour qu'elle comporte une seconde sortie !

CHAPITRE 4

La foule s'engouffre dans la maisonnette à la poursuite du coupable présumé. La forêt de piquants disparaît progressivement dans l'embrasure de la porte.

L'orateur, resté derrière, s'assoit sur le rebord de l'estrade, le visage entre les mains. La voix qui l'interpelle ne le surprend guère, prévisible telle la marée, elle se fait entendre à chacun de ses échecs.

— Pas tout à fait le résultat escompté, hein, To-Yutt ? demande Kin-Lah-Tok, le chef du village.

Les piquants posés sur ses larges épaules entourent la tête du Kampitois d'une aura hirsute semblable à la coiffe d'un chef amérindien. Si sa poitrine et le diamètre de ses biceps sont imposants, ses jambes, elles, pendent, inutiles et rachitiques, sur le devant de sa chaise de transport. Ce que le quinquagénaire a perdu en mobilité lors d'un malencontreux accident de chasse, il l'a gagné en patience et en sagesse. Loin d'être fâché d'avoir été laissé derrière par ses porteurs lancés à la poursuite de l'étranger, il profite plutôt de l'occasion pour avoir un tête-à-tête avec le fauteur de troubles le plus notoire du village.

L'interpellé ouvre les bras en un geste plaidant l'innocence.

— Me croiriez-vous, chef, si je vous jurais ne désirer que le bien de ce village ?

Le sourire en coin de Kin-Lah-Tok en dit plus long que toute réponse n'aurait pu le faire. Il ne croirait pas ce bonimenteur s'il lui disait que le ciel était bleu.

— Je désirais simplement gagner le village à ma cause, sans penser que ma verve déclencherait une poursuite qui ne me sert en rien et me prive d'un auditoire pour la fin de mon discours.

— Tu connais la règle, lui rappelle le chef. Toute personne posant le pied sur l'estrade a droit à un sablier de temps de parole. Pas un instant de plus.

Kin-Lah-Tok jette un coup d'œil sur un grand entonnoir surplombant l'estrade. Les derniers grains de sable tombent en tas sur le sol.

— Ton temps est écoulé. Tu tenteras de vider les poches de tes concitoyens une autre fois.

To-Yutt joue les offensés.

— Moi ? Voler mes semblables ? Quelle accusation injuste ! Je n'ai que la sécurité du village à cœur ! Les fonds amassés serviront à installer un système de sécurité dernier cri comme on en trouve uniquement dans la grande capitale ! Il se passe des choses étranges dans le village, alors…

— On entend des bruits, on remarque des taches sur les arbres, on perd un peu plus de bétail qu'à l'habitude, c'est tout. Tout le pays parle d'anomalies maléfiques causant des dommages irréparables, mais rien ne nous prouve encore qu'il y en ait dans la région. Il faut être patient et se serrer les coudes en attendant la fin de la tempête.

Satisfait de son intervention, le chef handicapé empoigne un des barreaux horizontaux installés partout dans le village. Tel un long chemin d'échelles aériennes, les montants de bois serpentent de la place publique à la maison du chef, puis de celle-ci aux champs. Une main devant l'autre, le chef avance en suspension, ses jambes inutiles oscillant au gré du mouvement. Les porteurs rentreront bien sa chaise sans lui, il n'en aura besoin qu'à la prochaine assemblée, question de décorum.

Dès que le chef est hors de vue, To-Yutt lève les yeux au ciel. Il en a assez de ces rengaines de «patience» et de «solidarité». Peu lui importe le nombre de bras nécessaires pour rentrer les récoltes et la sécurité des grands nombres, lui n'a qu'une envie : faire fortune pour explorer le vaste monde.

Il se tourne en direction de la grande capitale, rêve lointain caché au-delà de l'horizon. Une étincelle de détermination brille au fond de sa pupille. «J'y arriverai, se promet-il. Quel que soit le moyen, j'y arriverai.»

CHAPITRE 5

Victor Cordi traverse la pièce centrale de la maison à toutes jambes et s'engage dans l'abrupt escalier au mur du fond. Il file sur les marches aussi vite que ses jambes le lui permettent. À l'étage, une femme tachetée et ornée de piquants, interrompue alors qu'elle nouait son plastron brodé, sort d'une chambre et hurle à pleins poumons. Entendant ce cri, la foule redouble d'ardeur. Certains grimpent l'escalier, à la poursuite du garçon, tandis que d'autres sortent afin de bloquer toutes les issues.

Le garçon dépasse la première chambre et repère une fenêtre à sa portée. Heureusement, à cause de la chaleur estivale, celle-ci a été entrouverte pour rafraîchir l'intérieur.

Les habitants arrivent à l'étage et ne laissent guère le choix à Victor : il s'élance par la fenêtre et pose les pieds sur le toit. Les tuiles sont glissantes, mais supportent son poids. Il court sur la surface bleutée vers la maison voisine et traverse d'un bond l'espace qui les sépare. La réception est chancelante ; il remue les bras pour ne pas perdre l'équilibre avec un regard vers le sol, où une deuxième partie de la foule l'attend en lui criant des injures senties.

Il enjambe deux tuyaux, bute contre une énorme cuve et se dirige vers la cour arrière. Une meule de foin vert foncé lui offre un coussin d'atterrissage salutaire. Se bouchant le nez comme à la piscine, il saute et s'enfonce jusqu'à la taille dans les tiges râpeuses. À peine le temps de s'en extirper qu'il entend la foule en colère contourner la maison pour le rejoindre.

Vic court de plus belle, laissant derrière lui une traînée d'herbes éparses. Il enjambe la clôture qui sépare le terrain privé de la ruelle et s'enfonce dans un étroit chemin de terre bordé de murs de pierre et de détritus. De toute évidence, les éboueurs ne passent pas toutes les semaines dans cette agglomération. L'odeur nauséabonde lui coupe le peu de souffle qui lui reste.

Après plusieurs virages, Vic perd toute notion de la position de ses poursuivants. Des cris semblent provenir de tous les côtés à la fois, et le moindre embranchement menace de déverser une foule en furie juste devant son nez. Ignorant la douleur causée par l'essoufflement, il choisit un passage au hasard, en espérant ne pas se jeter dans la gueule du loup.

Il parcourt cinq autres mètres et attaque un virage en *S* pour aboutir dans un cul-de-sac. Au bout de l'allée, un colosse enveloppé dans une cape de pèlerin fume une tige de bois poreuse, appuyé sur son bâton de marche. Vic recule de deux pas, envisageant de faire demi-tour, sans oser fuir à toutes jambes de peur qu'un brusque mouvement ne déclenche chez l'étranger une subite envie de donner l'alarme.

Ce dernier soulève plutôt un pan de sa bure. Une invitation.

Incité par les bruits de foule qui se rapprochent, Victor ne se fait pas prier. Il plonge vers les pieds de son sauveur inopiné et s'agrippe à ses mollets, réprimant un frisson de dégoût en découvrant que ceux-ci

sont aussi fermes que des troncs d'arbres et recouverts de longs poils beiges. Le pan de tissu se referme sur lui, plongeant le garçon dans une pénombre suffocante. Lorsque les villageois arrivent, le pèlerin pointe un index aussi poilu que ses jambes en direction d'une allée voisine. Les bruits de pas et de haine s'éloignent.

CHAPITRE 6

François Cordi et sa sœur se disputent pour une histoire de médecine douce, un traitement que l'aînée aurait trouvé sur Internet et que François, plutôt du type incrédule dès qu'il s'agit d'expériences sans fondement scientifique, refuse d'envisager.

En temps normal, Églantine Cordi ramènerait ses deux enfants à l'ordre en leur rappelant qu'ils n'ont pas à discuter de ses traitements sans son accord. La sexagénaire déteste cette manie qu'ont certains adultes de parler de leurs parents – ou de leurs enfants – à la troisième personne, comme si ceux-ci n'étaient pas dans la pièce.

Pourtant, la dispute de sa progéniture est le moindre de ses soucis. «Grand frisson chasse petits tracas», aurait-elle dit si une tierce personne lui avait demandé son opinion. Quelques minutes auparavant, elle a ressenti un changement dans l'air ; un frémissement tel qu'elle n'en avait pas vécu depuis trente-cinq ans. Son esprit est, depuis, envahi de souvenirs à la fois merveilleux et impossibles. À travers la brume des médicaments antidouleur, la grand-mère de Victor se bat pour les retenir.

***

— Tu peux sortir, petiot. Ils sont partis.

La voix est gutturale, plus grave qu'une contrebasse. Vic lâche les mollets velus comme s'il s'agissait de serpents venimeux et recule sans même se relever, les dents serrées. Maintenant que l'adrénaline de la poursuite s'est dissipée, le garçon se retrouve en état de choc. Un seul mot tourne en rond dans sa tête : « impossible, impossible, impossible », comme si sa répétition pouvait à elle seule faire disparaître ce village aux constructions serrées, ces habitants hérissés de piquants, cette chaleur de juillet, alors que l'hiver bat son plein là d'où il vient.

Le pèlerin aspire un peu de fumée et rassure Victor.

— Tu es en sécurité, j'ai envoyé la foule en direction des champs.

La foule. Ses poursuivants. Vic aurait pu se retrouver pendu, écorché vif, lapidé, mangé même ? Qui sait quelles sont les habitudes de ce peuple étrange lorsqu'il capture un garçon déclaré coupable d'un crime dont il est innocent ? Pourtant, le danger ne semble qu'un simple détail en comparaison du fait qu'il était dans un placard d'hôpital et que ses fesses sont maintenant posées sur un sol de terre battue au milieu d'un village rempli d'hommes à piquants et de géants poilus.

Il prend conscience d'être toujours par terre et se relève avec le plus de dignité possible. « Trop tard pour faire une bonne première impression, pense-t-il. Autant au moins limiter les dégâts. » Il époussette son jean avec les mains et offre à son sauveur un sourire asymétrique, mais charmant.

Pendant quelques secondes, le pèlerin le décortique d'un regard orange. Ses narines, sises entre les deux joues sans la moindre trace de nez, s'ouvrent et se ferment, comme si l'odeur de Victor était incluse dans son analyse. Des centaines de questions se bousculent dans l'esprit de Vic, mais il ne peut que balbutier quelques débuts de syllabes, ses sourcils montant et descendant selon l'élan et l'arrêt de chaque ligne de pensée. Le colosse à fourrure lui fait finalement signe de le suivre.

— Mieux vaut se mettre à l'abri avant que les habitants reviennent. Viens, petiot.

Vic voudrait protester contre le sobriquet ; après tout, avec son mètre cinquante, il se situe dans la moyenne des garçons de son âge. Il admire plutôt la taille de son étrange allié, puis lui emboîte le pas sans rouspéter.

CHAPITRE 7

À la suite des indications du pèlerin, les paysans en furie jaillissent hors de l'agglomération et envahissent les champs avoisinants. Les herbes y poussent si haut que la poursuite se transforme en battue, de peur de croiser leur proie sans même la voir.

Lenta-Oh, une Kampitoise de quatorze ans, s'installe à l'extrême droite de la ligne des recherches et avance d'un pas à la fois, en écartant bien les herbes vertes avant de poser le pied plus loin. Elle aimerait retrouver le garçon, non pas pour le lyncher comme le reste de la foule, mais plutôt pour observer de plus près ses drôles de souliers colorés, sa peau si pâle, ses piquants trop fins et uniquement posés sur sa tête...

Un mouvement attire son attention. La jeune fille ajuste la teinte de ses piquants pour que ceux-ci se confondent avec les herbes. D'un bras hérissé, elle écarte le mur végétal qui se dresse à sa droite, à la fois excitée et craintive à l'idée de tomber sur le jeune étranger.

Il s'agit plutôt de quelques grisottes, des oiseaux coureurs de petite taille dont les cuisses dodues égayeront bien l'ordinaire de sa famille. Il faut dire que, depuis qu'ils ont retrouvé certaines de leurs bêtes éventrées, les fermiers de Kerr Haven ont rationné la viande, et même les quelques paysans assez audacieux pour braconner n'osent plus mettre le pied dans la forêt, de jour comme de nuit.

Aussi gourmande que curieuse, Lenta-Oh avance vers ces proies délicieuses et abandonne les autres villageois à leurs recherches. Le plan est simple : approcher sans faire de bruit pour ne pas effrayer les bêtes à plumes, puis rabattre son bras avec force, pour les y empaler. Ses frères et sœurs l'aideront bien à décrocher les grisottes, surtout si elle leur promet chacun une cuisse bien grasse.

Ces petits oiseaux pénètrent rarement dans les champs du village, préférant la sécurité des branches basses de la forêt. Seule la peur d'un prédateur a pu les entraîner aussi loin de leurs nids. Poussée par son estomac, l'adolescente avance vers son futur repas, sans même un coup d'œil pour les silhouettes inquiétantes qui vont et viennent à la lisière des arbres.

CHAPITRE 8

Dans l'impasse de la ruelle, le pèlerin poilu ouvre une fenêtre et y fait grimper Victor Cordi. L'ouverture étant trop petite pour accommoder le colosse, ce dernier fait signe qu'il sera de retour dans un instant et tire les rideaux de l'extérieur.

Le garçon découvre une coquette chambre d'hôtel pourvue d'un lit de paille verte, d'une table basse et d'un pot de chambre. Rien de superflu.

Il lisse machinalement ses cheveux vers l'arrière et tente d'échafauder quelques hypothèses sur sa situation : rêve, hallucination, passage dans un autre monde ? Le lecteur de bandes dessinées en lui ne peut s'empêcher de sourire. N'a-t-il pas souhaité des millions de fois de vivre une telle aventure : quitter son existence ordinaire d'élève de banlieue pour un monde nouveau, plus original et plus excitant ?

Un bruit à la porte de la chambre interrompt ses rêveries ; Vic plonge derrière les rideaux. Ce n'est pourtant que son sauveur qui entre, un gobelet de terre cuite dans les mains.

— J'ai pensé que tu aurais soif après ta course, dit-il en se dirigeant vers la fenêtre.

Vic sort de sa cachette, un peu honteux de son réflexe de froussard. Le pèlerin porte la main à un tuyau émergeant du mur. Il en retire un bouchon de bois et une eau limpide s'en échappe. Le colosse en remplit le gobelet et le tend à son invité.

— Tiens. Il a plu hier, elle devrait être bien fraîche.

Vic prend le gobelet tendu sans oser y tremper les lèvres. Voilà donc l'utilité de la grande cuve sur laquelle il a buté lors de la poursuite sur les toits : à conserver l'eau de pluie, ensuite distribuée dans les maisons à l'aide de tuyaux. Le concept lui rappelle le baril du jardin de sa tante, le grand verre que Kevin l'avait défié d'avaler, la diarrhée terrible qui avait suivi...

— Je ne t'ai pas sauvé de la foule pour t'empoisonner dans ma chambre. Bois ! Et raconte-moi comment tu t'es retrouvé à Kerr Haven.

Victor Cordi ouvre la bouche et les mots sortent en torrent. Lui qui désirait tant poser des questions, il réalise que son envie de raconter ses péripéties est plus forte encore. Au fil des mots, les événements de la dernière heure deviennent tangibles. Il a réellement vécu ces choses. Il ne rêve pas ; il n'est pas fou. Il reste la possibilité du passage dans un autre monde.

— Vous avez nommé « Kerr Haven ». C'est le nom de ce monde ? demande le garçon.

Son interlocuteur éclate de rire.

— Monde ? Pas du tout ! C'est le nom de ce village.

À la lumière de la question, il observe une seconde fois Victor, puis consulte un carnet de notes posé sur la table basse.

— Mon maître m'a déjà parlé d'êtres petits et glabres empruntant des passages vers notre monde. Ah ! Page trente-sept : les humains. Tu serais donc de ceux-là ?

Victor acquiesce, un peu étonné d'entendre sa théorie de mondes parallèles ainsi confirmée.

— On appelle ce monde «Exégor», conclut le pèlerin.

— Et vous?

— Euh… je l'appelle Exégor aussi.

Au tour de Vic de s'esclaffer.

— Je veux dire : vous, comment vous appelez-vous?

— Oh! C'est vrai, on ne s'est pas présentés. Quelle impolitesse! K'narr, du peuple des Nordariens. Enquêteur en phénomènes étranges.

Vic s'interroge quelques instants sur ce qu'une personne de ce monde peut bien considérer comme étrange. Il énumère mentalement son jean, ses souliers de course fatigués et délacés, sa peau dénuée de taches, de fourrure et de piquants. Pendant que K'narr note ses aventures dans un carnet, le garçon comprend pourquoi l'enquêteur nordarien l'a sauvé de la foule. Curieusement, savoir que le geste de son sauveur n'était pas désintéressé rassure le garçon. Tant qu'il ne vient pas à l'idée du colosse poilu de disséquer le «phénomène Vic», il devrait être en sécurité.

Faute de chaise, il s'adosse au mur, les mains dans les poches.

— À mon arrivée, un orateur parlait d'attaques anormales. C'est pour elles que vous enquêtez dans la région ?

— Absolument. Mon maître m'a donné le mandat de lui rapporter autant d'information que possible sur des anomalies de la nature qui sont apparues depuis quelques mois. Si les habitants du village ont perdu quelques têtes de bétail, d'autres voyageurs ont rapporté avoir vu des créatures hors du commun dans les environs. Les témoignages vont du simple gigantisme animal à une soudaine férocité d'espèces pourtant pacifiques, en passant par toutes sortes d'excroissances disgracieuses. Le phénomène ne semble pas exclusif à Kerr Haven. D'autres villages, éparpillés sur le continent, seraient également atteints.

— Des animaux mutants ? Génial ! s'enthousiasme Vic.

— Hum ! Je ne crois pas que les fermiers ayant retrouvé leur bétail éviscéré près de la forêt soient de ton avis. Ce n'est qu'une question de temps avant que ces créatures ne s'attaquent aux…

— Aaaaahhhhhhh !

Un cri de panique leur parvient par la fenêtre entrouverte, aussitôt repris en chœur par plusieurs dizaines de voix. K'narr laisse son calepin sur la table basse et bondit hors de la pièce, laissant la porte grande ouverte derrière lui.

Comme dans un «livre dont vous êtes le héros», le cerveau de Vic lui offre trois options : rester caché en sécurité dans la chambre, profiter de la cohue pour retourner à son placard d'hôpital ou satisfaire sa curiosité sur la provenance des cris. Le garçon hésite à peine. Il prend une grande gorgée d'eau et s'élance.

CHAPITRE 9

Dehors, des Kampitois apeurés rentrent au village en poussant de grands cris. Vic traverse la foule paniquée et se rend jusqu'à l'orée du village, où commencent les champs cultivés. Ceux-ci rayonnent autour de l'agglomération, un peu comme si le hameau était une vaste pizza et que les maisons en occupaient le centre. Victor a joué à suffisamment de jeux de stratégie pour comprendre l'avantage d'une telle organisation : ainsi collées les unes aux autres, les maisons sont plus faciles à défendre contre d'éventuels envahisseurs, alors que l'espace dégagé autour retire aux assaillants toute possibilité de couvert.

Le garçon grimpe au tuyau d'eau de la dernière maison du village. De son perchoir, il se fait une idée rapide de la situation. Les habitants, toujours à sa recherche, se sont enfoncés dans les champs, s'approchant de plus en plus de la forêt en périphérie. Plutôt que d'y trouver un garçon de douze ans à persécuter, ils ont été surpris par une meute de prédateurs, possiblement celle s'étant gorgée, la veille, de leurs animaux de ferme.

Les habitants de Kerr Haven se sont aussitôt séparés en deux groupes. Les plus faibles se replient à toutes jambes vers le village, leurs piquants passant progressivement au vert pour mieux se camoufler dans les champs. Le second groupe, formé des plus téméraires, a pris des couleurs rouge vif pour intimider les monstres sortis de la forêt. Certains avancent à reculons pour ne présenter aux ennemis que leur dos couvert de piquants, alors que d'autres restent à distance et projettent avec précision les aiguillons de leurs bras. Une masse beige court à quatre pattes vers eux, un bâton de pèlerin entre les dents.

Il semblerait que, tout inspecteur qu'il soit, K'narr ne soit pas du genre «observateur passif». Même Kin-Lah-Tok, que les porteurs ont retrouvé, se mêle de la partie. Il hurle des ordres au groupe des fuyards, exhortant certains citoyens à faire demi-tour pour se battre et sommant les autres de barricader les entrées du village dans l'éventualité où les combattants seraient incapables de contenir la menace.

Vic remarque qu'un prédateur a contourné la ligne des villageois. Il croit d'abord que la bête tente d'atteindre les maisons, mais repère du mouvement sur sa trajectoire. Une petite masse d'herbe verte semble progresser à travers les champs. En s'y attardant, Victor réalise qu'il s'agit en fait d'un des habitants de Kerr Haven, presque invisible parmi les labours. Aucun des combattants n'a vu la bête s'éloigner. Que faire ? À cette distance, un cri serait peine perdue !

Se servant d'un des tuyaux de la citerne comme d'un poteau de pompier, il glisse jusqu'au sol et court en direction du troisième champ vers la droite. La peur d'arriver trop tard occupe son esprit juste assez pour ne pas penser à ce qu'il fera une fois sur place. Machinalement, il ramasse une large fourche plantée dans une meule de foin… ou du moins d'une herbe y ressemblant à s'y méprendre.

Surpris de sa propre hardiesse, Victor se rappelle un match de volley-ball de plage disputé lors de ses dernières vacances au bord de la mer. Pendant un cours d'éducation physique, il avait déjà joué plusieurs matchs réguliers, sans grand éclat. Avec six joueurs sur le terrain, il arrivait que la paresse prenne le dessus, et qu'il laisse à d'autres des balles passant à sa portée. La version sur sable n'alignait que deux joueurs de chaque côté, un tel laisser-aller était impossible. Si son coéquipier venait de toucher la balle et que celle-ci n'était pas passée de l'autre côté du filet, Vic était la seule personne pouvant sauver le point. Il était alors capable des plongées les plus audacieuses, des attrapées les plus spectaculaires. En survie comme en sport, être la seule personne disponible peut faire office de courage.

CHAPITRE 10

En suivant un sillon de labour, Vic se retrouve entouré d'herbes beaucoup plus hautes que la vue de son perchoir ne le laissait présager. Incapable de repérer ni l'adolescente ni le prédateur isolé, il court à l'aveuglette dans la direction dictée par sa mémoire. Il croise deux habitants, leurs pics dorsaux aussi verts que les tiges qui les entourent. Vic se fait plus petit, espérant échapper à leur attention, mais ces derniers ne lui adressent pas un seul coup d'œil, toute intention belliqueuse à son égard ayant été supplantée par la peur de finir en charpie.

Après une cinquantaine de mètres, Vic juge être à proximité de son objectif. Malheureusement, la mer de hautes herbes et le silence du prédateur l'empêchent de s'orienter. La bête et sa future victime pourraient être tout près sans qu'il s'en aperçoive.

Par prudence, il change de sillon, allant dans une direction, puis dans une autre, séparant à chaque pas les tiges vert foncé de sa main libre.

À deux mètres vers sa gauche, la bête bondit au-dessus des graminées en direction de la jeune fille couverte de piquants. Aussitôt, Lenta-Oh passe du vert camouflage au rouge vif. La bête s'agrippe à sa taille et tente de la mordre au cou. La jeune fille redresse ses piquants et roule sur le côté, tentant de transpercer son ennemi et de le clouer à elle. L'animal est plus rapide. Il retire son énorme patte griffue juste à temps pour éviter la blessure et la laisse choir de tout son poids sur le plastron brodé recouvrant la poitrine de sa proie.

Vic fonce vers les deux corps enlacés, mais s'arrête en périphérie du combat. Il hésite à utiliser sa fourche, de peur de blesser l'étrangère. Il tente d'identifier les membres entremêlés : un pan de jupe, les piquants rouges et les bras bruns tachetés pour la Kampitoise ; une patte horriblement griffue, une mâchoire noire aux dents acérées et une longue queue fourchue pour la bête. Trois autres pattes recouvertes de fourrure caramel le font hésiter. À qui peuvent-elles bien appartenir ? Impossible d'attaquer sans le savoir.

Afin d'y voir plus clair, Vic opte pour la bravade. Sa fourche bien callée dans un tertre derrière lui, il interpelle le prédateur comme s'il ne s'agissait que d'un gros chat.

— Ksss, ksss ! viens par ici, sale bête !

Le prédateur ne se fait pas prier. Il tourne la tête et bondit en direction de Vic. Ayant prévu le coup, ce dernier relève la fourche. L'animal fonce directement sur l'outil mais, plutôt que de se planter dans la chair molle, les deux dents écorchent à peine le ventre de l'animal et se logent de chaque côté de ses flancs longilignes. L'élan puissant de l'animal fait pivoter la fourche en un arc de cercle au-dessus de la tête de Vic, emportant le prédateur avec elle. Pour la première fois, le garçon peut admirer son adversaire dans son entièreté. Certaines parties sont brunâtres et duveteuses, alors que d'autres, d'un noir mauve miroitant, sont lisses, anguleuses et acérées. Sa conversation avec K'narr lui revient à l'esprit : des animaux inoffensifs…

ayant subi des mutations. Seules certaines parties de la créature ont été modifiées. Vic serait prêt à parier que l'aspect d'origine ferait se pâmer toutes les filles de sa classe avec des «oh», des «ah» et des «trop mignon»!

Dès qu'il retombe sur ses pattes, l'animal fait volte-face et charge de nouveau. La fourche entre les mains, Vic ne quitte pas la créature des yeux. Il sait qu'il n'aura qu'une seule chance pour réussir sa manœuvre, et que le synchronisme doit être parfait. Il a surmonté de tels défis des milliers de fois sur écran, une manette à la main. Dans ces moments, le temps semble ralentir, les réflexes sont aiguisés, et la tentation d'appuyer trop tôt sur le bouton est grande. Cette fois-ci, les enjeux sont plus importants: aucune barre d'énergie en vue, aucune vie additionnelle disponible, aucun «continuer?» possible.

La bête s'avance, lèvres retroussées et crocs dégoulinants de bave. Vic lève la fourche devant lui et attend.

Puis attend.

Dès que le monstre amorce le saut qui portera sa gueule à la gorge de Vic, le garçon abaisse vivement son arme improvisée.

La fourche en «U» enserre la tête de la bête, mais la force du garçon ne réussit pas à enfoncer les dents dans la terre pour l'y immobiliser comme prévu. Une seule des deux pénètre le sol. Propulsé par son propre élan, le corps de la bête avance, alors que sa tête, retenue d'un seul côté par l'étau de l'outil agricole à moitié fixé dans le sol, pivote en direction opposée. Un terrible «crac!» signale qu'une vertèbre du cou a cédé.

CHAPITRE II

Sans prendre le temps de vérifier le pouls du monstre, Vic agrippe Lenta-Oh par la main et l'entraîne vers le village.

Lorsque leur chemin croise les grisottes en fuite, l'adolescente s'arrête net. Entre les oiseaux aux cuisses tant convoitées et le combat qui fait rage au loin, elle hésite.

– Tu ne vas pas risquer ta peau pour ces bestioles ? s'étonne Vic. Un autre prédateur pourrait être caché à quelques mètres de nous ! Viens !

Il lui tend la main. Elle hésite quelques secondes, puis le suit docilement jusqu'aux maisons. Ils montent tous deux sur le toit le plus proche à l'aide du tuyau d'eau et regardent la fin de la bataille. Seul un animal combat encore, les autres gisant autour de K'narr et des paysans bien décidés à défendre leur village.

Alors que Victor et Lenta-Oh reprennent leur souffle en silence, ils s'observent subrepticement, un peu incertains de l'attitude à adopter l'un envers l'autre : méfiance, reconnaissance ou curiosité. C'est à qui fera le premier pas. Victor saisit l'occasion pour prendre l'avantage.

— Tu réalises que, maintenant que je t'ai sauvé la vie, tu ne peux plus laisser les tiens me lyncher sans être accablée de remords pour le restant de tes jours ?

Il accompagne le commentaire de son plus large sourire pour en retirer toute arrogance. Pourtant, l'adolescente se rebiffe. Elle croise les bras sur son plastron qui semble servir de chandail aux habitants de Kerr Haven, et ses piquants se referment défensivement sur ses épaules pour créer une impénétrable carapace. Victor aurait-il trouvé plus orgueilleux que lui ?

— Je ne t'ai rien demandé et, par ta faute, les grisottes sont parties.

L'ingratitude pique Victor au vif. Le stress emmagasiné lors de l'affrontement avec le prédateur se mue en colère contre la jeune Kampitoise.

— Qu'il s'agisse de poules ou de diamants sur pattes, je m'en fiche ! Lorsque des cris de panique se font entendre, toute personne sensée devrait courir !

— Je ne suis pas une froussarde !

— Tu es surtout chanceuse de ne pas être un cadavre !

— Je sais me défendre !

Pour prouver son point, elle hérisse de nouveau ses piquants rouge vif. Le déploiement soudain fait sursauter Vic. Il recule d'un pas et ne rencontre que le vide. Il agite les bras pour éviter la chute, mais déjà son corps bascule. Aussitôt, Lenta-Oh l'attrape par la main et le tire au milieu du toit. Ils tombent tous deux sur les tuiles recouvrant la maison. La main de Vic atterrit sur l'un des piquants de l'épaule de l'adolescente. À sa grande surprise, celui-ci est souple. Lenta-Oh le repousse et ils se retrouvent assis sur le toit, côte à côte. Un nouveau silence s'installe, aussi inconfortable que le premier.

Victor regarde la paume de sa main, à la recherche d'une égratignure. Amusée de sa surprise, Lenta-Oh se radoucit et offre une explication en guise de calumet de la paix.

— Je peux changer leur texture à volonté, selon le besoin. Ceux sur ta tête, tu peux?

Comprenant qu'elle parle de ses cheveux, il secoue la tête, ce qui a pour effet d'envoyer ses mèches brunes se balancer à gauche et à droite devant ses yeux. Il souffle vers le haut pour dégager son visage. Lenta-Oh est émerveillée de voir les longs filaments s'envoler si légèrement. Elle n'est toujours pas rassurée, le garçon est si différent, mais sa curiosité prend le dessus.

— Je peux toucher?

Vic hésite. Après tout, cette fille le poursuivait en compagnie d'une foule en furie moins d'une heure plus tôt. «La connaissance des différences fait disparaître la méfiance.» Cette phrase, si souvent répétée par sa grand-mère, lui revient en tête. Vic acquiesce et se penche vers elle.

Lenta-Oh touche d'abord les cheveux du bout du doigt, puis caresse la tignasse de l'adolescent comme si elle n'avait jamais rien senti d'aussi doux. Vic rougit jusqu'à la pointe de ses oreilles décollées. Se méprenant sur la raison du changement de couleur de son interlocuteur, Lenta-Oh continue la leçon.

— Ça aussi, je peux le faire ! Les plus jeunes changent de couleur de manière automatique pour s'accorder aux teintes environnantes mais, vers l'âge de six ans, nous apprenons à contrôler les couleurs selon nos besoins.

Vic se relève.

— Je ne peux pas vraiment dire que je contrôle... enfin, je veux dire que si j'ai rougi, c'est que...

Ne trouvant les mots pour continuer, il soupire et change le sujet.

— Merci de m'avoir rattrapé lorsque j'allais tomber.

Lenta-Oh se lève à son tour.

— Merci de m'avoir sauvée du monstre. Je sais que ma conduite a été risquée, mais avec le troupeau décimé, la viande se fait rare. Les cuisses de grisottes auraient été un festin...

Elle termine sa phrase en regardant ses pieds, un peu honteuse d'avouer l'infortune de son village. Son aveu transperce le cœur de Vic bien mieux qu'un des piquants de l'adolescente n'aurait pu le faire. Il repense au dernier souper de fête à la maison, au gigot d'agneau et au ragoût de boulettes fumant sur la table… à ses propres jérémiades parce qu'il aurait préféré des côtelettes.

— Je comprends, ment-il.

CHAPITRE 12

Les souvenirs d'Églantine Cordi se précisent. Un homme, différent du soldat en uniforme dont la photo, jaunie par le temps, orne sa table de nuit. Sa main dans la sienne. Puis un sacrifice, énorme. Finalement, un enfant, tout petit... un bébé. Son bébé.

Elle est surprise d'ouvrir les yeux et de découvrir son fils âgé de trente-cinq ans. La discussion au sein de la fratrie terminée, François s'est assis au chevet de sa mère, alors que sa sœur est descendue au rez-de-chaussée à la recherche d'un café.

Églantine ouvre la bouche pour tout lui raconter.

– Lorsque tu es né... je...

Puis un souvenir se superpose à la réalité. Des murs d'hôpital, d'un autre hôpital. Des médecins en sarreau blanc qui lui jettent à la figure des mots : « hallucinations », « deuil », «post-partum», et elle-même qui se débat en hurlant : «Je ne suis pas folle !»

Elle revient au présent, ses yeux toujours plantés dans ceux de son fils.

— Je… je t'ai toujours aimé.

***

Les hommes et les femmes restés derrière rentrent au village à leur tour. La menace est écartée pour cette fois, en partie grâce à K'narr qui, à en croire les rumeurs, aurait abattu trois prédateurs à lui seul. Pourtant, lorsque Victor le félicite, le Nordarien éclate d'un grand rire d'autodérision.

— Moi ! Un guerrier ? Si tu savais, petiot !

Le colosse s'éloigne en hochant la tête, laissant Vic perplexe.

Deux fermiers ont été grièvement blessés et plusieurs autres sont marqués de morsures et de coups de griffes. Quelques paysans ont tenté de reprendre leur croisade contre Vic, mais Lenta-Oh a fait courir la nouvelle de son exploit et personne n'ose s'attaquer à lui. Il est même gratifié d'un sourire de la part du chef, à la grande fierté du garçon.

Tous les habitants valides convergent vers la place du village. Après un événement semblable, un rassemblement est de mise. Vic y apprend que les créatures sorties de la forêt portent le nom d'abicelles et que, dans leur état normal, ces rongeurs à la fourrure très douce ne mangent que des végétaux et s'attaquent plus volontiers aux jardins qu'aux paysans.

Après un bref rappel des règles de prise de parole, les orateurs se suivent sur l'estrade et y répètent les rumeurs colportées sur les anomalies maléfiques repérées ailleurs au pays. Le chef se rend à l'évidence que seule une telle monstruosité peut expliquer les mutations dont ils ont été témoins. To-Yutt, qui avait tenté de monter la foule contre Vic à son arrivée, fait un nouvel appel aux dons généreux, cette fois-ci sous prétexte qu'engager des mercenaires aguerris pour protéger le village serait la meilleure solution. Comme entremetteur, il ne prendrait qu'un pourcentage fort raisonnable sur la transaction.

La proposition de K'narr de former un groupe et d'explorer la forêt pour trouver, mesurer et analyser l'anomalie est accueillie par un froid silence. De toute évidence, les Kampitois ne manquent pas de courage pour défendre leurs champs, mais ne sont guère tentés d'aller vers le danger. Le Nordarien conclut en annonçant son propre départ, sans promettre de revenir au village leur rendre compte des résultats de son examen.

Après une bonne heure de palabres, l'attention de Vic se dirige vers la porte de la maisonnette par laquelle il est arrivé dans le monde d'Exégor. Sauver la veuve et l'orphelin est une chose, pense-t-il, mais le temps est venu de rentrer à la maison !

Il s'approche de la porte en catimini et ne l'ouvre que d'un centimètre. Par l'ouverture ainsi créée, il voit encore une fois l'intérieur rustique de la maisonnette de campagne. Il essaie plus doucement, plus vite, en ne regardant que d'un œil, le résultat reste le même. Se souvenant que la porte de l'hôpital, elle, était verrouillée, il s'attarde au mécanisme de fermeture. Archaïque au possible, il ne s'agit que d'un loquet qui pivote et vient se poser sur un crochet. Un trou dans le bois permet d'exécuter la manœuvre à partir de l'extérieur.

Vic sort sa clé et l'insère dans le trou. À sa grande surprise, ce dernier se referme sur le métal argenté pour former un ajustement parfait. Un tour de poignet improbable vers la droite et Vic tire la porte vers lui. Jamais il n'aurait cru être si heureux de voir l'intérieur d'un placard à balais! Le plastique des bouteilles vaporisatrices lui semble lumineux; la lumière crue du néon, invitante. Le vert malade des murs étroits irradie de beauté.

Une épaule ferme la porte avec fracas et efface cette vision miraculeuse.

– Magie diabolique! hurle une fermière.

– C'est un pion du Grand Machiavélicon, surenchérit son mari en pointant Vic.

Le spectacle de murs aseptisés où s'alignent vadrouilles et balais, là où une chaleureuse salle commune devait se trouver, aura troublé les esprits paysans.

«Retour au point de départ!» pense Vic en voyant la foule converger vers lui.

Et pourtant non, la situation n'est plus la même. Après tout, lorsqu'il doit recommencer une mission difficile du capitaine Carbone, il garde avec lui toutes les informations ramassées lors de la première tentative : les extraterrestres embusqués ne le surprennent plus, les bonus éparpillés çà et là sont rapidement repérés. Il ne recommence jamais complètement à zéro.

Depuis son arrivée à Exégor, Victor Cordi a appris quelques-unes des règles qui régissent la vie de Kerr Haven.

Il plonge entre les jambes des plus proches paysans et avance à quatre pattes malgré les mains qui s'agrippent à son chandail. S'il a bien compris, il n'a que quelques mètres à parcourir pour gagner un répit de quinze minutes. Lenta-Oh devine son intention et tente de lui frayer un chemin en sens inverse. Elle bouscule quelques villageois et joue des coudes, des épaules et des piquants pour rendre l'estrade accessible à son ami. Dès qu'ils se rejoignent au milieu de la foule, elle le protège de sa carapace épineuse et ils parcourent le chemin restant à deux.

— Me retrouver accablée de remords, ce n'est pas tellement mon truc, alors tu ferais mieux de t'en tirer ! lui chuchote-t-elle à l'oreille.

Dès que le pied du garçon se pose sur la structure surélevée, Kin-Lah-Tok, le chef du village, cogne sur une énorme cloche avec un bâton, annonçant qu'un nouvel orateur a gagné son droit à la parole. Un paysan met une pelletée dans le grand entonnoir qui sert de sablier ; compte à rebours du temps restant à Victor pour se sortir de ce pétrin.

Cette fois-ci, plutôt que de fuir la foule en colère, Vic devra les convaincre. « Ça tombe bien, pense-t-il, je suis bien meilleur parleur que coureur. »

CHAPITRE 13

Victor Cordi avait cinq ans lorsque sa mère a passé son barreau, série d'examens obligatoires pour devenir avocat. Elle alternait entre les livres de lois énormes et les promenades au parc, durant lesquelles elle lui récitait à haute voix les choses apprises dans les heures précédentes. Alors que certains enfants placent leurs toutous en rangs pour jouer à l'école, lui plaçait les siens en jury pour déclamer ses plaidoiries.

Les leçons lui reviennent en mémoire.

Point numéro un, une vérité, même absurde, a moins de chances de se retourner contre vous que le mensonge le plus crédible.

— Je viens d'un autre monde que le vôtre, commence Vic. C'est pourquoi vous trouvez mon apparence étrange. Pour des raisons que j'ignore, cette clé…

Il signale à Lenta-Oh d'aller chercher la clé sur la porte et de la lui remettre, pour ne pas perdre sa seule chance de rentrer chez lui, autant que pour empêcher qu'une douzaine d'habitants à piquants ne fassent irruption dans l'aile des soins de longue durée de l'hôpital.

— ... a ouvert un passage qui m'a transporté à Exégor, dans votre village. Ce que certains d'entre vous ont vu par la porte et ont pris pour une apparition diabolique du grand Machin-je-ne-sais-plus-quoi est en fait un simple placard à balais.

— Grand Machiavélicon, lui souffle K'narr.

Vic fait un geste de « peu importe ». Après tout, il a des problèmes plus importants que d'apprendre le « qui fait quoi » d'Exégor.

Point numéro deux, avouer les faiblesses de sa cause avant que quelqu'un d'autre s'en charge.

— Je sais que votre village est affligé par des phénomènes étranges et inquiétants, et que mon arrivée semble coïncider avec la plus grosse attaque subie jusqu'à présent. Je vous assure que ma présence parmi vous n'est pour rien dans la mutation des animaux.

En temps normal, il devrait faire appel à des témoins qui vanteraient ses mérites et sa droiture, mais un coup d'œil au sablier lui indique qu'il n'en aura pas le temps. Mieux vaut passer aux choses sérieuses : la négociation.

Point numéro trois, offrir quelque chose d'intéressant en contrepartie de sa liberté.

Victor veut bien, mais qu'a-t-il qui pourrait intéresser les habitants de ce village ? Les soluces de jeux vidéo, sa monnaie d'échange préférée pour se sortir de situations délicates à l'école, ne lui seront d'aucune utilité ici. Avec les professeurs ou ses parents, il a souvent évité la catastrophe en proposant de faire à leur place des tâches ingrates. « Vous savez, monsieur Arsenault, je pourrais rester ici deux heures à copier ces lignes… mais je remarque que trois de vos élèves ont collé leurs gommes à mâcher sous leur bureau. Il s'adonne que je suis un expert en décollage de gommes ! »

Qu'est-ce que les Kampitois n'ont pas envie de faire ? La réponse s'impose d'elle-même,

mais Victor hésite. En aura-t-il le courage ?
A-t-il vraiment le choix ? Son envie de sortir
vivant de cette aventure et de revoir un jour
sa famille l'emporte.

— Je me propose humblement d'aider
votre village en accompagnant K'narr le
Nordarien dans la forêt pour investiguer sur
la cause de tous vos maux.

Un regard au Nordarien confirme à Vic
que ce dernier est prêt à l'accepter avec lui
dans cette aventure. Cette approbation
remplit le garçon de fierté. Après avoir vu
le colosse se battre contre les prédateurs, il
ne peut s'empêcher de le considérer comme
un héros. Peut-être pas aussi fort que le
capitaine Carbone, mais tout de même...

— Je reviendrai ensuite tout vous raconter. Comme dirait ma grand-mère, « le savoir
est la meilleure arme contre les monstres
inconnus ». Je ne demande en échange que
la liberté de retourner d'où je viens, et je
vous promets de ne plus jamais revenir vous
embêter.

La partie n'est pas gagnée. L'offre de Vic
est reçue par un long silence. Enfin, une
voix l'acclame.

— Bravo ! Excellente proposition !

Le cri est repris en chœur par la foule, trop contente de pouvoir se décharger de cette dangereuse entreprise.

Vic cherche des yeux l'initiateur de cette vague d'enthousiasme et tombe, sans surprise, sur Lenta-Oh. Cette dernière lui adresse un clin d'œil. Il semblerait que To-Yutt n'ait pas l'exclusivité du contrôle de la foule dans ce village.

CHAPITRE 14

Dans les champs laissés vacants, les prédateurs abattus subissent une seconde transformation. Leurs mutations régressent : les crocs se rétractent, les griffes disparaissent et les taches noires glissent sur la fourrure caramel pour se répandre sur le sol. Le visqueux liquide noir s'enfonce dans la terre, ne laissant derrière lui que les carcasses d'inoffensives abicelles. Latentes et malveillantes, les petites flaques souterraines attendent leur heure en baignant les racines des graminées.

***

— Tu es certaine de ne pas vouloir nous accompagner ? demande Victor à Lenta-Oh pour la troisième fois. Il paraît que la forêt regorge de grisottes bien grasses !

L'adolescente sourit à cette petite pointe.

— Il n'y a que les chasseurs, les braconniers et les fous pour s'aventurer dans la forêt.

Elle insiste un peu sur le mot «fous», ne serait-ce que pour montrer que la taquinerie se joue à deux. Elle doit avouer qu'une part d'elle-même est tentée. La rencontre avec Vic a éveillé en elle une grande soif de savoir. Comme si sa curiosité naturelle était stimulée devant tout ce qui lui reste à découvrir. Mais les Kampitois sont grégaires. Fermiers de génération en génération, ils naissent, vieillissent et meurent sans jamais s'éloigner de leur groupe. Sur un ton penaud, elle conclut.

— Ma place est à Kerr Haven.

Vic plonge son regard dans celui de son amie et y trouve une grande résignation. L'espace d'un instant, elle n'a plus rien de l'intrépide adolescente bravant un monstre pour quelques morceaux de viande, et tout de la paysanne n'ayant jamais quitté les limites de son petit village. C'est à la première des deux que le garçon adresse un dernier message avant d'emboîter le pas à K'narr.

— On choisit sa place ! D'habitude, la mienne est sur un sofa ! Tu imagines !

Sans trouver d'autres mots pour la convaincre, il tourne les talons et s'enfonce dans la sombre étendue forestière, seul avec l'imposant Nordarien.

Au fil de la marche, Victor s'étonne de ce qu'un environnement puisse être à la fois si exotique et si familier. Il ne saurait nommer aucune des plantes ni aucun des insectes qu'il voit, mais la plupart ressemblent aux espèces rencontrées dans les forêts de son monde. Ces plantes ne sont pas tout à fait des fougères, mais en possèdent les ramifications. L'écorce des arbres a une texture ondulée, mais leurs branches se séparent du tronc de manière similaire à tout érable qui se respecte. Les insectes piqueurs sont plus ronds que les maringouins terrestres, mais n'en sont pas moins agaçants.

Pour un biologiste, cette promenade ne serait qu'une longue suite d'émerveillements professionnels. Répertorier un seul mètre carré de terreau représenterait l'œuvre de toute une vie. Pour Victor Cordi, il s'agit simplement d'une marche en forêt, activité l'ayant toujours ennuyé lorsque pratiquée pendant plus d'une dizaine de minutes. Sa grand-mère a pourtant bien essayé de l'y intéresser, jugeant que l'air pur et l'exercice lui feraient du bien. Chaque fois, juste pour lui faire plaisir, Victor se laissait entraîner sur les sentiers du petit bois qui borde la demeure ancestrale, feignant même un certain intérêt pour les plantes que mamie Glantine lui pointait en chemin. Il avait tenté une fois de transformer la balade en aventure imaginaire, inventant une quête à accomplir et des ennemis à vaincre, juste pour passer le temps. La véhémence avec laquelle sa grand-mère l'avait alors rabroué l'avait surpris.

Une angoisse soudaine le prend: depuis combien de temps est-il parti? Ses parents paniquent dès qu'il retarde de plus de quinze minutes. Ils doivent être morts d'inquiétude. Sa poitrine se serre. Il est étouffé par la peur d'une punition monstre pour avoir disparu sans avertir, mais surtout par une grande culpabilité de causer tant de peine.

Vic se demande si le capitaine Carbone doit rendre des comptes à sa propre mère. «Oui, maman? Je suis pris au piège d'une nuée d'extraterrestres à tentacules. Je risque d'être en retard pour le souper. » La mère du combattant intergalactique porterait la même armure que son fils, mais décorée d'un tablier à fleurs. Des bigoudis sur son casque protecteur viendraient couronner le tout. Cette pensée ridicule lui fait oublier sa peine. Plus il avance, plus il en est certain : les véritables héros n'ont pas de parents !

Absorbé par sa rêverie, il fonce directement dans le derrière poilu de K'narr, qui s'est arrêté et lui fait signe d'être sur ses gardes. L'énorme Nordarien a entendu quelque chose de suspect. Vic tente de discerner quoi, puisque, à ses oreilles, la trame sonore de cette forêt n'est qu'une symphonie de bruits bizarres. Le craquement des arbres, les cris des oiseaux, tous ces sons inconnus se répercutent. En tendant ses oreilles décollées, il perçoit au loin un écho qui ne peut être confondu avec un autre : un fracas de bagarre.

CHAPITRE 15

Une fois les deux étrangers partis, To-Yutt réussit enfin à se soustraire à la surveillance constante du chef Kin-Lah-Tok qui redoutait que ce dernier profite de l'expédition pour élaborer une nouvelle combine. «Et maintenant, c'est trop tard, pense le trublion. Trop tard pour tirer partie des événements de la journée, trop tard pour faire fortune, trop tard pour partir de ce trou. Non! Lorsqu'une occasion nous file sous le nez, il suffit simplement de savoir repérer la prochaine.»

Assis sur l'estrade, To-Yutt réfléchit.

Sa première idée est de pénétrer dans le monde de l'étranger, d'y voler quelques objets et de les revendre à prix d'or dans la capitale. Malheureusement, un rapide examen de la porte du passage lui démontre qu'il ne pourra le faire sans l'aide de la fameuse clé.

Sa deuxième idée est d'embaumer les carcasses des abicelles anormales et de monter un spectacle de foire avec ces monstres. La foire aux horreurs de To-Yutt !

— Ça a du potentiel, pense-t-il. Il ne reste qu'à vérifier si les paysans n'ont pas trop massacré le matériel.

Avec le regain d'énergie qu'induit tout nouveau projet, To-Yutt quitte la grande place du village et se dirige vers les champs.

***

Après le départ de Vic, Lenta-Oh déprime. «Et s'il ne revenait jamais ?» se demande-t-elle. L'apparition du garçon est peut-être la chose la plus excitante qui soit arrivée à Kerr Haven. La jeune fille est la première surprise de réaliser son propre manque d'enthousiasme devant le retour au calme. Voilà quatorze ans que son avenir reste contenu à l'intérieur de Kerr Haven et, pour la première fois, les limites du village lui semblent bien étroites.

— Allons voir si les grisottes sont toujours dans les parages. Ça m'occupera !

Avec le manque d'énergie qu'induisent les projets de consolation, Lenta-Oh quitte l'orée de la forêt et se dirige vers les champs.

CHAPITRE 16

Guidés par les bruits de bagarre, K'narr et Vic s'arrêtent en bordure d'une clairière, spectateurs d'un combat grandiose. Un énorme insecte, dont la moitié supérieure miroite de nuances noir et mauve, occupe la majeure partie de l'espace. Ses quatre pattes antérieures sont démesurément grandes et s'agrippent aux arbres environnants, alors que les deux postérieures, n'ayant subi aucune mutation, ne supportent plus le poids de l'insecte. Les deux mandibules, suffisantes pour couper le tronc d'un arbre, tentent d'agripper un guerrier. Ce dernier semble n'avoir que des mains… ou que des pieds, c'est selon. Son corps entier pivote et roule latéralement sur ses cinq membres, sans distinction, en jonglant avec une courte épée, affichant l'habileté d'un acrobate de cirque. À chacune de ses extrémités, trois appendices attrapent l'arme juste assez longtemps pour la lancer à nouveau, suivant le rythme des culbutes du combattant.

K'narr se penche vers son jeune ami.

– C'est un guerrier multak. Une race d'une agilité incroyable. En voir un en action est un privilège rare.

Le colosse poilu sort son carnet et note frénétiquement.

D'une taille à peine plus grande que celle de Vic, le guerrier a le visage au centre de son tronc, et ses yeux, flottant dans la même orbite, restent côte à côte dans un axe perpendiculaire au sol, quelle que soit l'orientation du reste du corps. Ses mouvements fluides lui permettent de déjouer avec aisance les attaques de son énorme adversaire, qu'il s'agisse de pincement de mandibule, de coup de patte ou de fouettement d'antennes. Le guerrier virevolte de gauche à droite sans porter de coups, comme s'il observait son adversaire en attendant l'ouverture.

Vic connaît bien cette technique. En fait, il l'a lui-même exécutée lors des combats de fin de niveau durant lesquels il vaut mieux préserver sa barre d'énergie et n'attaquer qu'une fois l'adversaire devenu vulnérable.

L'esprit aiguisé de Vic étudie les mouvements de la bête. Les gigantesques pattes avant frappent l'une après l'autre lorsque l'insecte est stationnaire, alors que les mandibules claquent durant les déplacements. Ses pattes antérieures s'agrippent aux arbres en bordure de la clairière, le temps de replacer le corps massif grossi par les mutations. La bête recommence ce manège deux ou trois fois et la solution s'impose au garçon. Considérant les capacités du champion rotatif, le combat devrait se terminer rapidement.

— Au deuxième claquement de mandibule, plonge vers le ventre, crie-t-il d'une voix impérative.

Le guerrier remarque leur présence et pince les trois doigts de sa main ensemble, signe multak de compréhension, mais le monstre, lui, ne coopère pas. Il reste en place de longues secondes, enchaînant les mouvements de patte les plus divers : coup direct, fouet horizontal, martèlement. Il s'en faut de peu pour que le combattant multak soit assommé ou projeté hors du ring végétal. Chaque fois, le cœur de Vic saute tandis qu'une rotation acrobatique amène le guerrier hors de portée des longs membres de l'insecte difforme.

Enfin, les pattes s'agrippent encore une fois aux troncs qui bordent la clairière pour adopter une position avantageuse, surplombant son ennemi. Comme prévu, les mandibules attaquent afin d'intimider l'adversaire durant ce court moment de vulnérabilité. Un premier « snap ! ». Les mandibules ne rencontrent que l'air alors que le guerrier multak a roulé vers la droite. Un deuxième « snap ! ». Cette fois, le guerrier saute au-dessus des serres buccales pour atterrir à leur point de jonction. De ce perchoir, il se glisse, comme le lui a indiqué Vic, vers l'abdomen de la bête. Son épée change de main trois fois pour rester en position malgré les rotations du guerrier et trouve l'ouverture tant recherchée.

La créature monstrueuse ramène une patte vers la section exposée pour prévenir le danger mais, précairement retenue par les autres, elle n'ose en utiliser une deuxième, de peur de s'écrouler sous son propre poids. D'un leste coup d'épée, l'acrobate tranche la membrane qui soude le thorax et l'abdo-men, juste à l'endroit ou celle-ci passe de brune à noire, et sectionne l'animal en deux. Un torrent d'hémolymphe se déverse dans la clairière, entraînant avec elle la substance responsable des mutations.

Le guerrier lève trois bras au ciel et pousse un cri guttural victorieux.

CHAPITRE 17

To-Yutt n'y comprend rien. Le cadavre d'abicelle se trouvant devant lui n'a plus rien du prédateur monstrueux grâce auquel il espérait faire fortune. Disparues les pattes griffues, les dents démesurées, les excroissances abominables. L'animal serait presque mignon... s'il n'était envahi par les mouches et transpercé d'une cinquantaine de piquants.

— Une autre chance envolée... que faire ? Vendre la viande peut-être ?

En y réfléchissant bien, l'entreprise est réalisable. L'important sera de mentir sur la provenance des morceaux de chair, puisque aucun fermier du village n'osera avaler une bouchée de bête mutante. Il pourrait prétendre que les abicelles proviennent d'une forêt plus lointaine, ou même d'un élevage secret connu de lui seul !

Il soulève la carcasse par les pattes pour mieux voir son état. La poitrine est intacte et offrira certainement deux bonnes portions. Trois des pattes sont récupérables, et même les os pourraient être vendus pour faire du bouillon.

Les grandes herbes vert foncé couchées par le poids de l'animal sont maculées de taches noirâtres. To-Yutt recule de trois pas, mais ne peut quitter le phénomène des yeux. Des excroissances se forment sur les herbes. Elles se gorgent et éclatent, expulsant de multiples gouttelettes visqueuses vers les herbes voisines. Aussitôt une plante atteinte, celle-ci double de volume, se tord et se couvre à son tour de bulbes veineux noir et mauve.

To-Yutt lâche l'abicelle pour mieux observer les taches. Il y reconnaît les couleurs des prédateurs tués quelques heures plus tôt. «Un liquide à mutation, conclut-il. Une abomination… que certaines âmes malfaisantes paieraient cher pour posséder!»

Le Kampitois décroche la gourde de sa ceinture et place l'embouchure sous un bulbe en formation. Il redresse un piquant de son avant-bras gauche et perce l'enflure mutée, en prenant bien soin de ne laisser aucune parcelle de sa peau exposée à de possibles éclaboussures. Il attend patiemment que quelques gouttes s'échappent. Une, deux, trois, quatre, il récupère le liquide et recommence avec un nouveau bulbe jusqu'à ce que le récipient de cuir souple se gonfle. Il remet le bouchon et admire son œuvre, incrédule devant sa bonne fortune.

— Qu'est-ce que tu fais là ? demande une voix féminine derrière lui.

D'un seul mouvement, To-Yutt se retourne et cache la gourde derrière son dos. Avec un soupir de soulagement, il réalise que ce n'est que Lenta-Oh, une simple adolescente, donc facile à duper à ses yeux d'adulte.

— Je pourrais te poser la même question, la défie-t-il plutôt que de répondre.

— J'ai vu des grisottes un peu plus tôt, je voulais retrouver leur...

Une des herbes mutées fait jaillir quelques gouttelettes avec un sifflement qui attire l'attention de la jeune fille. Horrifiée, elle voit l'herbe verte se transformer en plante

tordue. Les yeux aussi écarquillés qu'accusateurs, Lenta-Oh toise To-Yutt.

Devant cette suspicion silencieuse, le Kampitois se sent obligé de se justifier.

— J'ai ramassé un échantillon, sous les ordres de Kin-Lah-Tok ! Je dois le lui apporter sur-le-champ ! À plus tard !

Il tourne les talons en direction du village, mais la jeune fille lui emboîte le pas.

— Faisons le chemin ensemble !

To-Yutt peste intérieurement. Il ne peut montrer son trésor au chef du village, puisque celui-ci aura tôt fait de le lui confisquer. Comment se défaire de cette chipie ?

— Tu entends ? C'est le cri d'une grisotte ! Il provient du champ voisin !

— Bel essai, To-Yutt, mais tu ne te débarrasseras pas si facilement de moi ! Je sais que tu prépares un sale coup, même si je n'ai pas encore deviné lequel.

Ils marchent en silence, ruminant chacun leurs pensées. C'est la première fois que la jeune fille se retrouve seule avec le trublion du village. La mère de Lenta-Oh, aussi couveuse que méfiante, lui en a toujours interdit la fréquentation. Alors qu'ils approchent des maisons, l'adolescente décide de satisfaire sa curiosité.

— Pourquoi t'entêtes-tu à mentir à tout le monde ? Le village ne laisse personne en plan ; on partage les ressources de manière équitable. Tu ne manques de rien, non ?

— Je manque d'horizon. Je veux faire ma place dans le monde !

« Partir, pense-t-elle. Victor a-t-il raison ? Serait-ce possible, même pour un Kampitois ? »

— Pars, alors ! Tu n'as besoin pour cela que d'une paire de pieds et d'un baluchon !

« Si seulement c'était si facile, se dit To-Yutt. Sans fortune et sans plan, le vaste monde me mangera tout cru. » À haute voix, il rétorque plutôt avec impatience.

— Qu'est-ce qu'une petite paysanne pourrait bien comprendre à ces choses ?

Les piquants de Lenta-Oh se hérissent.

— J'en ai assez d'être prise pour une idiote ! Je suis peut-être jeune, mais je sais bien que tu n'as aucune intention d'apporter ta gourde remplie de liquide maléfique au chef !

Le ton monte ; To-Yutt aussi en a marre d'être talonné par tout un village.

— Parfaitement, que je vais la lui donner ! ment-il avec arrogance, sans réaliser que leur discussion les a menés jusqu'au pas de la maison de Kin-Lah-Tok.

— Prouve-le-moi ! Tu n'as qu'à sonner !

— Sonne toi-même ! bougonne-t-il.

Aussitôt la jeune fille tournée vers la porte, To-Yutt tente de prendre la fuite. L'adolescente réalise son erreur et plonge vers les jambes du suspect avant qu'il se défile. Ce dernier tombe et échappe la précieuse gourde remplie de liquide maléfique. Il s'étire pour l'attraper. Lenta-Oh s'agrippe à lui et les deux adversaires roulent sur le seuil de la maison du chef.

Alerté par les bruits de bagarre, Kin-Lah-Tok, suspendu à son plafond sillonné de barres, apparaît à la porte. Au même instant, les deux combattants écrasent la gourde en cuir souple. La pression des deux corps fait sauter le bouchon du récipient. Le liquide noirâtre jaillit dans les airs et asperge les pieds atrophiés du chef.

Les jambes prennent aussitôt du volume. Des pustules noires tachetées de mauve poussent en masses difformes et viennent remplir les creux laissés par les muscles défaillants. Surpris par la douleur, Kin-Lah-Tok lâche les barreaux de son plafond et tombe au sol. Il atterrit sur ses pieds. Pour la première fois depuis son accident de chasse, il se tient, sans aide, à la verticale.

Il sourit de bonheur, incrédule.

Ses yeux se voilent ensuite de violet et son rictus se teinte d'une cruauté sans précédent alors que la mutation, transportée par ses vaisseaux sanguins, atteint son cerveau.

CHAPITRE 18

Le guerrier multak se stabilise sur deux de ses cinq membres et marche vers ses spectateurs. En se déplaçant vers l'avant plutôt qu'en roulant de manière latérale, l'étrange combattant perd une grande partie de sa grâce, comme un pélican abandonnant le ciel pour faire quelques pas maladroits au sol.

— Ton conseil était juste. Tu as l'esprit d'un guerrier.

Les paroles du guerrier multak sont chargées d'un accent qui oblige Vic à se concentrer pour en comprendre le sens.

— Ce n'est pas mon premier combat, répond fièrement le garçon sans préciser les circonstances de ses exploits passés.

D'un geste, le Multak invite Vic et K'narr à le suivre jusqu'à un petit ruisseau à proximité. Une fois arrivé, il se dépouille de sa combinaison rembourrée, qui consiste en un vêtement à cinq manches refermées sur le visage par un cordon. Tout autour de l'ouverture, une série de dessins ont été brodés sur le tissu. Une fois nu, le guerrier s'immerge dans l'eau et entreprend un complexe rituel de purification durant lequel son vêtement, son épée et son corps glabre sont nettoyés tour à tour.

Après ses ablutions, il s'assoit, sort du fil et une aiguille d'un sac, et entreprend d'ajouter une décoration à sa combinaison. Impressionnés par le personnage, ni Vic ni K'narr n'osent prononcer la moindre parole, bien que ce dernier note frénétiquement tous les détails dans son calepin. Ce n'est qu'après avoir coupé le fil avec ses dents que le guerrier brise le silence.

— Battre une créature qui n'existe pas. Nouvel exploit réussi. Plus que cinq.

K'narr explique à l'oreille de Vic que les Multaks quittent la maison très jeunes et doivent réussir vingt exploits avant de gagner le privilège de revenir dans leur village. Le retour d'un guerrier est alors l'occasion d'une grande fête au cours de laquelle il se choisit un nouveau nom et un maître qui lui permettra d'atteindre un niveau d'agilité supérieur. À la fin de son apprentissage, vingt autres exploits viennent s'ajouter à sa liste et le cycle recommence.

— Il est à quel niveau, tu penses ? demande le garçon en désignant le guerrier.

C'est le Multak lui-même qui répond.

— Troisième. J'ai été Galtum-le-timide, Platak-le-rusé, et je suis présentement Yamoz-tue-trois-fois.

Il admire son travail : un point d'interrogation à pattes, pour symboliser le monstre qu'il vient d'abattre. Une créature qui n'existe pas vraiment.

Yamoz enfile de nouveau la combinaison et tire le cordon autour de son visage. En deux sauts, il monte jusqu'à une branche pendant au-dessus de la rivière et s'y accroche avec les dents. Tout autour de son visage, ses cinq membres effectuent une rotation d'abord lente, puis de plus en plus rapide, envoyant valser des gouttelettes d'eau dans toutes les directions. En quelques secondes, sa combinaison est sèche, mais K'narr et Vic sont à moitié trempés.

— Nous recherchons la cause des mutations qui ont créé les monstres comme celui que vous avez combattu, explique K'narr en s'ébrouant à son tour. Auriez-vous vu quelque chose ?

Le Multak atterrit devant le Nordarien et réfléchit.

— Non. Rien. J'arrive de l'est. Vous arrivez du sud. Explorons le nord-ouest.

Et sans plus de palabres, le duo devient trio.

CHAPITRE 19

Une centaine de mètres plus loin, les trois compagnons remarquent quelques taches noires sur un tronc d'arbre.

— Une piste, dit Yamoz.

K'narr, en bon enquêteur, s'approche. Après avoir dessiné la forme d'une tache dans son carnet, il rejoint ses compagnons et les met en garde.

— L'écorce de l'arbre est d'une couleur différente tout autour de la tache. Je crains la contagion. Surtout, n'y touchez pas.

À partir de ce premier signe, ils prennent l'habitude d'avancer en demi-cercle, jusqu'à ce qu'un nouvel indice de mutation puisse être trouvé. Au fil de ce jeu de pisteur, les taches noires se font de plus en plus fréquentes et de plus en plus imposantes.

— Tous à terre ! crie subitement K'narr.

Vic se jette au sol, les deux mains sur la tête, juste à temps pour éviter une volée d'oiseaux multicolores aux diverses parties mutées. L'un d'eux peine à porter son bec dentelé, un second fouette l'air d'une queue se terminant en fourche, un troisième n'a qu'une seule aile affectée et avance en décrivant des boucles. À partir des membres non affectés, Vic se construit une idée de la forme originale de ces volatiles. Des plumes aux couleurs chatoyantes, un court bec, une longue queue faite de deux plumes de couleurs différentes. De véritables oiseaux tropicaux comme on en voit, parfois, sur les cartes postales de destinations exotiques.

Après cette apparition, Vic et ses compagnons restent groupés pour plus de sécurité. Les taches, de plus en plus nombreuses sur les végétaux avoisinants, facilitent leur orientation, alors que les rencontres de créatures en mutation augmentent les risques. Certaines abominations ne font que passer sans leur accorder la moindre attention. D'autres sont incapables de se déplacer, leurs membres boursoufflés ayant rendu tout mouvement impossible. Les quelques monstres qui osent attaquer finissent embrochés sur la courte épée de Yamoz avant même que Vic ait eu le temps de crier : « Attention ! »

Bientôt, le noir et le mauve supplantent toute autre couleur. Les voyageurs avancent avec précaution, de peur d'être contaminés à leur tour.

Au bout d'un moment, le trio doit s'arrêter car le sentier disparaît sous les taches. Il se transforme en un long corridor bordé de végétaux tordus que traversent d'étranges créatures monstrueuses. Un bruit sourd de gargouillis résonne le long du tunnel noir et mauve ; il parvient jusqu'aux oreilles des trois compagnons toujours bien décidés à tirer le mystère au clair, malgré la peur que leur inspire le paysage cauchemardesque.

K'narr le Nordarien pour le savoir.

Yamoz-tue-trois-fois pour la gloire.

Et Victor Cordi...

Le garçon doute. Une fois la vigilance des Kampitois endormie, il aurait pu tenter sa chance et filer à l'anglaise par le passage menant au placard de l'hôpital. Pourquoi s'est-il enfoncé dans cette forêt ? Pour tenir sa promesse ? Pour l'estime de K'narr ? Pour

les beaux yeux de Lenta-Oh ? Non, rien de tout cela. Si Vic n'est pas le plus courageux des garçons, il est bien décidé à vivre cette histoire jusqu'au bout, parce que, pour la première fois, l'aventure n'est pas virtuelle.

Vic monte sur les épaules de K'narr. Il réussit à entrevoir ce qui les attend : une énorme mare en forme de croissant tronqué, où bouillonne une vaste quantité de substance noir et mauve. Des jets couleur d'encre sont projetés aux alentours, souillant parfois un arbre, parfois un rocher, parfois une créature. Chaque cible se couvre de pustules et d'excroissances. Les plantes se recroquevillent, alors que certaines bêtes deviennent folles et fuient, à la recherche d'une proie sur laquelle assouvir leur rage.

K'narr écoute la description de Vic, le dépose par terre et feuillette frénétiquement son carnet de notes.

— Je crois bien que, au bout de ce sentier, se trouve l'anomalie maléfique, la cause de toutes les mutations rencontrées jusqu'ici. Il faudrait investiguer de plus près.

Yamoz s'élance le premier, sautant d'un tertre à l'autre, agrippant des branches au passage pour atteindre les espaces non contaminés trop distants, fauchant même deux insectes disproportionnés au passage. S'il existe un exploit multak pour «traverser un paysage monstrueux», Vic serait prêt à en broder lui-même l'insigne tant il est impressionné.

K'narr remet son bâton de marche à Vic.

— Reste ici, ordonne-t-il au garçon.

Vic proteste, mais il est plutôt soulagé lorsque le Nordarien insiste sur un ton impérieux. Son carnet de notes entre les dents, ce dernier pose ses mains sur le sol pour plus de stabilité et suit le Multak, la puissance de ses sauts compensant son manque d'agilité.

CHAPITRE 20

Kin-Lah-Tok s'avance vers Lenta-Oh, tous piquants relevés. L'adolescente recule jusqu'à une corde de bois et y saisit une hache, mais n'ose pas l'utiliser, de peur de blesser son chef. Elle continue son mouvement de retraite jusqu'au mur de la maison voisine. Impossible de reculer plus loin, tandis que son adversaire approche toujours, monté sur ses jambes noires et pustuleuses.

Les larges mains de Kin-Lah-Tok saisissent les côtés de sa tête, là où nul piquant ne pousse, et appliquent une pression suffisante pour faire exploser un melon. Le respect de Lenta-Oh pour son aîné la paralyse. La hache tombe de ses mains ; des points noirs envahissent sa vision.

Une masse fonce dans les côtes du chef et oblige ce dernier à relâcher sa prise. To-Yutt, seul autre témoin de la transformation du

chef, vient de mettre ce dernier en échec. Ils roulent tous deux sur le sol dans un enchevêtrement de piquants rouges et noirs. « Mais quelle bêtise ai-je faite ? se demande le jeune adulte. Mon rêve de fortune et d'horizon valait-il un tel risque ? »

Lenta-Oh sort de sa torpeur.

— Ne lui fais pas de mal, j'ai une meilleure idée !

Reprenant la hache, elle court jusqu'au puits. Elle sectionne le câble et noue l'extrémité en une boucle coulissante. Lorsqu'elle revient devant la maison du chef, plusieurs autres villageois, alertés par le bruit de la bagarre, regardent To-Yutt et Kin-Lah-Tok se battre sans oser intervenir. Les deux corps forment une boule piquante compacte rébarbative. To-Yutt canalise toute sa rage contre le chef pour réussir à contenir le monstre. Il se remémore les nombreuses fois où ce dernier l'a soupçonné, sous-estimé et retenu au village, sous prétexte que les Kampitois sont plus en sécurité lorsqu'ils sont en groupe. Malgré tout, avec ses jambes colossales et la force que lui confère l'anomalie, le chef vient rapidement à bout de son frêle adversaire. Il projette ce dernier contre un mur et se redresse. Ses yeux parcourent la foule de villageois, mais il n'y reconnaît personne. Il n'a qu'une envie : sauter à la gorge du premier venu. Sa femme approche, ébahie et inconsciente du danger.

— Mon chéri, tu marches ! C'est un miracle !

Le chef lève un bras rageur. Une corde tombe autour de son poignet et sauve la femme d'un coup meurtrier. Lenta-Oh tire de toutes ses forces sur son lasso improvisé et en confie l'extrémité à un paysan.

— Attache-la à un poteau bien solidement, lui ordonne-t-elle.

Deux autres Kampitois, parmi les plus courageux, joignent leurs forces aux siennes pour tirer la corde et restreindre le plus possible les mouvements du chef. Instinctivement, la foule recule. Une paysanne dégourdie lance une nouvelle corde à Lenta-Oh et en prépare une troisième. Déjà, le chef ronge la corde de son poignet, comme un animal pris au piège.

Lenta-Oh s'avance, le lasso à la main. Le chef grogne et montre les dents.

– Nous devons y aller tous ensemble, crie l'adolescente.

Elle compte : « Un, deux, trois ! » Puis elle fonce droit vers Kin-Lah-Tok. L'espace d'un instant, elle est seule à se jeter dans la gueule du loup, mais rapidement d'autres Kampitois suivent le mouvement. Bientôt, une vingtaine de paysans et de paysannes s'entassent sur l'abomination qu'est devenu leur chef. Lorsque la poussière retombe, Kin-Lah-Tok est ficelé, deux bras et une jambe solidement attachés à trois poteaux. Il ne peut que fouetter l'air de sa jambe libre.

– Qu'allons-nous faire de lui ? murmure Lenta-Oh.

To-Yutt lui met la main sur l'épaule, incapable de répondre. À ses pieds, la femme du chef pleure à chaudes larmes.

CHAPITRE 21

Hissé sur la pointe des pieds, Vic suit de loin les progrès de ses deux amis. Yamoz a atteint les abords bouillonnants de l'anomalie. Il en perce la surface de son épée, mais n'obtient aucune réaction. Que pourrait le fer tranchant contre un liquide visqueux ? Le guerrier multak n'a jamais rencontré d'ennemi que son arme ne pouvait pourfendre. Pris au dépourvu, il ferme les yeux et ramène quatre de ses mains devant son visage en un carré parfait, geste de méditation chez les adeptes de son clan.

À un mètre de lui, une bulle noirâtre éclate, aspergeant un petit lézard grimpé sur une branche à proximité. Le lézard se met aussitôt à grossir. Lorsque Yamoz termine sa quatrième respiration lente et ouvre les yeux, il se réjouit de trouver enfin un adversaire qu'il peut affronter. Il change son épée trois fois de main et charge la bête en pleine mutation.

K'narr progresse plus difficilement et arrive près de l'anomalie, mais sur la rive opposée. Il lance un caillou de bonne taille au centre du croissant. L'objet s'y englue sans même créer de remous et s'enfonce lentement jusqu'à disparaître dans le liquide. Appuyé à un tronc, le colosse prend quelques notes, puis grimpe à l'arbre pour s'approcher par le dessus, s'assurant toujours de ne poser ni pied ni main sur une tache noire. Le Nordarien brise une branche bien feuillue pour effleurer la surface miroitante. L'ébullition se fait plus fébrile, comme si elle dévorait les quelques pousses encore vertes du végétal. K'narr avance pour enfoncer son bâton plus profondément.

Le bouillonnement causé par la branche s'étend sur toute la surface du croissant, comme si l'anomalie s'excitait de la présence de matière vivante à dévorer. Les éclaboussures rejoignent la rive opposée, où Yamoz se bat contre le lézard disproportionné. Une nuée d'insectes minuscules sont éclaboussés à leur tour et prennent soudain la taille de gros bourdons au dard acéré. Le guerrier multak se retrouve aux prises avec une centaine de monstres ailés dégoulinants de liquide menaçant. Il tente de battre en retraite par la voie des airs, mais l'essaim le cerne de près. Aveuglé par le mouvement incessant des ennemis en surnombre, il rate sa prise dans son ascension. Il lâche son épée pour s'accrocher *in extremis* à une branche basse. L'arme plonge au sol pendant que Yamoz se débat contre les insectes, et que le lézard approche, bien décidé à prendre sa revanche.

Devant le résultat inattendu de son expérience, K'narr tire le rameau hors de l'anomalie. Cette dernière ne lâche pas sa nouvelle proie si facilement. Une vague noirâtre se dessine à la surface et aspire le végétal. Le liquide grimpe le long de la tige, en quête de nourriture supplémentaire. Surpris par cette nouvelle menace, le Nordarien échappe son outil et tombe à la renverse, se rattrapant de justesse en étreignant la branche qui lui servait d'assise. Cette dernière craque et se fend aux trois quarts. Au moindre geste, K'narr sera précipité au cœur même de l'anomalie. De l'autre côté de l'étang, Yamoz recule avec une grande agilité pour éviter les piqûres des insectes et la langue fourchue du lézard. Sa retraite est fluide, mais elle l'entraîne juste au-dessus de la mare et il n'aura bientôt nulle part où aller.

Les deux amis se tournent vers leur seul espoir : Victor Cordi.

CHAPITRE 22

Si les dernières paroles d'Églantine Cordi n'étaient pas l'aveu qu'elle désirait prononcer, François ne le réalise aucunement. Le père de Victor prend la main de sa mère avec inquiétude.

— Ne t'en va pas... je n'ai que toi.

Un sourire traverse le visage de la sexagénaire.

— Ce n'est pas parce que tu n'as pas connu ton père que tu n'as que moi dans la vie ! Tu as Catherine...

Elle sourit à sa belle-fille, restée en retrait.

— ... et aussi Victor. D'ailleurs, où est-il passé, mon Totor ?

Une angoisse soudaine étreint le cœur d'Églantine. Catherine vient à sa rescousse.

— Il doit jouer avec Kevin dans la salle commune.

Rassurée, Églantine ferme les yeux.

***

Vic ne peut laisser ses amis en si mauvaise posture. Il replace ses cheveux bruns derrière ses oreilles et s'élance.

Deux petits sauts et une marche de funambule sur un étroit ruban non souillé lui permettent de parcourir les premiers mètres. Il s'arrête devant un tertre d'herbes noires mouvantes ; le seul endroit où il pourrait poser le pied est hors de portée de ses capacités de sauteur. Heureusement, une liane au-dessus de sa tête l'invite à jouer les Tarzan.

Vic visualise le capitaine Carbone effectuant une manœuvre similaire, se balançant d'avant en arrière pour prendre de la vitesse. Il saute, les deux bras tendus vers le végétal sur lequel il referme ses deux mains. Son poids tire la liane vers le bas. Pris de court, Vic relève aussitôt les pieds, de peur qu'ils ne soient happés par les herbes noires et visqueuses juste sous lui. Ayant perdu son élan, il se retrouve suspendu et immobilisé.

Le garçon se hisse du mieux qu'il peut. Il coince la plante entre ses pieds et tire avec ses mains, soulevant ainsi son corps. Grimper dans une liane est très facile pour le capitaine Carbone. Vic n'a qu'à envoyer le bâton analogique vers le haut et son héros favori pose une main au-dessus de l'autre, parfois sans même s'aider de ses jambes ! Vic, lui, monte d'à peine vingt centimètres et abandonne, les bras complètement ankylosés.

Sa courte ascension lui permet tout de même d'étirer ses jambes sans craindre les herbes noir et mauve qui tendent des crochets excités vers ses pieds. Il se balance d'avant en arrière. Un premier va-et-vient lui redonne un peu d'élan. Au deuxième, il sent sa prise glisser. Au troisième, il lâche. Sa trajectoire lui permet tout juste d'atterrir à la lisière du tertre contaminé. Les herbes s'attaquent aussitôt à son soulier de course. Vic sort rapidement son pied du soulier en se félicitant intérieurement de toujours les porter délacés.

Un coup d'œil à ses amis lui rappelle qu'il doit se dépêcher. K'narr n'ose plus bouger d'un poil, et Yamoz arrive au bout de sa branche.

Victor continue sa progression un mètre à la fois, mais il devient de plus en plus ardu de s'approcher de l'anomalie. Des animaux en mutation sortent inopinément des fourrés. Il évite des fleurs aux pétales acérés, contourne des champignons gicleurs et écrase avec sa chaussure restante une sorte d'araignée à pinces. Il arrive sans une égratignure à la fourche où il doit choisir entre sauver d'abord K'narr, son ami et allié depuis le début de cette aventure, dont la position semble stable, ou Yamoz, qu'il connaît depuis peu, dont la situation est plus précaire.

Ce moment d'arrêt lui est fatal. Une nouvelle créature surgit derrière lui, fonçant droit entre ses jambes. Les épaules massives de la bête sont trop larges pour qu'elle puisse se glisser entre les cuisses du garçon. Victor tombe assis sur le dos de la créature, qui le transporte à toute vitesse vers la maléfique mare en forme de croissant tronqué.

Vic s'agrippe à une branche pour arrêter sa course, mais ne réussit qu'à en arracher quelques feuilles. Il tend ses bras vers l'avant et pose ses mains sur les yeux du monstre, espérant le ralentir en lui bloquant la vue. Le stratagème marche… trop bien. La bête plante ses sabots dans le sol et arrête d'un coup sec. Vic, incapable de se retenir au poil ras de l'animal, exécute un vol plané, survole un buisson épineux et plonge au beau milieu de l'anomalie.

Il s'y retrouve à plat ventre, s'enfonçant très lentement dans la substance bouillonnante.

— Ne bouge pas ! le somme K'narr, catastrophé. Tu ne ferais qu'accélérer l'enlisement.

Le Nordarien ne peut s'empêcher de tendre la main vers le garçon en détresse. Le mouvement brusque a raison de la branche fêlée, qui cède sous son poids. Il plonge à son tour dans le liquide visqueux où il s'englue.

Du haut de son perchoir, Yamoz est sidéré. Ses deux cycles d'entraînement multak ne l'ont pas préparé à ça. La centaine d'insectes mutés profite des quelques secondes d'inattention du guerrier pour le recouvrir en entier.

CHAPITRE 23

— On doit le tuer, il n'y a pas d'autre solution.

Tous les Kampitois de Kerr Haven sont rassemblés autour du monstre qu'est devenu leur chef. Ce dernier, attaché par trois membres, ne se débat plus, mais dévisage chacun avec les yeux affolés d'une bête prise au piège.

Lenta-Oh sait que le paysan ayant pris la parole a raison, mais ne peut se résoudre à ajouter sa voix à la sienne.

***

À travers la combinaison et le fin épiderme de Yamoz-tue-trois-fois, les insectes trouvent les uns une veine, les autres un nerf et y injectent une bonne dose de liquide mutagène. De grosses pustules apparaissent sur les cinq membres du guerrier. Les trois doigts le retenant encore à l'arbre se déplient l'un après l'autre.

***

K'narr se tord de douleur. Le liquide lui entre dans les narines et rend chacune de ses respirations douloureuses. Il se redresse et s'enfonce jusqu'à la taille. Ses jambes se transforment les premières. Témoin impuissant du supplice de son ami, Vic repense aux mollets velus qu'il a déjà étreints. À plat ventre à la surface de l'anomalie, le garçon sent un picotement dans ses mains.

***

To-Yutt dévisage la monstruosité qu'est devenu le chef. Il devrait jubiler, prôner sa mise à mort, en profiter pour se débarrasser de celui qui, depuis près de cinq ans, a contrecarré la plupart de ses plans. Pourtant, le voir là, attaché, fou, dépouillé de sa superbe, ne suscite en lui que de la pitié, voire même une certaine tendresse.

«Peut-on s'attacher à un adversaire? se demande-t-il. Une certaine part de moi n'était-elle pas contente d'avoir une excuse pour ne pas partir, de laisser l'horizon n'être qu'un rêve tenace?» Comme un fils s'affranchit un jour de son père, To-Yutt se défait de sa haine envers Kin-Lah-Tok. Il réalise que ce dernier ne voulait que le bien des villageois dont il a la charge, son bien à lui aussi. Pour les Kampitois, la sécurité réside dans le nombre. Quitter le village équivaut à la mort.

Le trublion se place entre le corps déformé de l'ancien infirme et les villageois apeurés. «Je ne les laisserai pas te mettre à mort, promet-il intérieurement au chef, sinon comment pourrais-je te prouver que tu as tort? Qu'il y a une vie pour moi hors de ce village?»

L'odeur d'une proie si proche décuple les forces du Kampitois muté.

***

Vic retire sa main de la mare pour observer les dégâts. Ses ongles, jamais assez propres au goût de sa mère, ont pris une

teinte noirâtre et épaississent à vue d'œil jusqu'à devenir des griffes. La transformation lui rappelle un film d'horreur dont les mauvais effets spéciaux les avaient fait rire, son père et lui.

Il s'enfonce encore de quelques centimètres, rapprochant son visage de la surface. Une bulle se forme dans le liquide, juste devant son nez.

**

Un des cordages retenant Kin-Lah-Tok au sol cède. Son bras fouette l'air et agrippe To-Yutt par le plastron. Ce dernier tente de retirer son vêtement pour s'éloigner du chef enragé, mais les attaches passées entre les piquants de son dos sont trop serrées. Il tend une main désespérée vers Lenta-Oh.

**

K'narr tente de rester maître de ses sens. Il s'accroche à ses souvenirs et à sa raison, récitant ses tables de multiplication comme un mantra. Pourtant, il sent que son esprit lui échappe ; seul son instinct animal subsiste, nourri par un soudain désir de destruction. Il se tourne vers le corps chaud et vivant de Victor, enlisé dans la boue noire à quelques pas de lui.

**

Victor scrute son image dans la bulle qui grossit et dit adieu à la vie. Les reflets dansants à la surface de la mince pellicule l'hypnotisent. Il ne voit pas la forme poilue noir et mauve qui s'approche vers sa droite, ni celle couverte de pustules de Yamoz qui tombe sur sa gauche avec un «plouf!» amorti par la viscosité du liquide.

Un rayon de soleil frappe la bulle juste sous son nez et en éclaire le liquide. Ainsi illuminée, la couleur stimule sa mémoire. Il fouille son esprit de plus en plus embrumé. Entre deux souvenirs se superposent des besoins pressants de grogner, de courir, de mordre. Si certaines personnes revoient leur vie au complet avant de mourir, Victor Cordi, avant de perdre la raison, n'évoque que ses derniers instants dans son monde à lui : sa grand-mère sur le lit d'hôpital, le placard à balais, la lumière mauve lorsqu'il est passé vers Exégor...

— La lumière mauve ! Le passage...

Sous les rayons du soleil, l'anomalie maléfique luit de la même teinte que la lumière éblouissante du passage entre les deux mondes. Un dernier espoir monte dans l'esprit du garçon. Sa main de plus en plus griffue se dirige vers la poche arrière de son jean.

CHAPITRE 24

Après s'être piqué les fesses à trois reprises avec ses propres griffes, il attrape la clé de sa grand-mère. Il abaisse l'objet vers la masse visqueuse et noire de l'anomalie.

Dès que la clé touche le liquide, le froid métal irradie d'une lumière intense qui englobe la forêt en entier. La boue noire et épaisse se déplace d'elle-même vers le petit objet, comme si elle était aspirée par un puissant tourbillon. Les taches noires recouvrant la main transformée de Vic quittent son corps et volent directement vers la clé, laissant derrière elle des doigts normaux aux ongles parfaits, même s'ils sont quelque peu rongés.

Les mutations désertent également K'narr et Yamoz, qui s'évanouissent tous deux sous le choc, laissant Vic seul témoin de la scène extraordinaire. Des flaques

noirâtres arrivent des quatre coins de la forêt et glissent vers Vic et sa clé. Les feuilles redeviennent vertes et somptueuses ; les oiseaux reprennent leurs coloris chatoyants. L'absorption dure de longues minutes durant lesquelles le garçon ose à peine cligner des yeux, de peur de rater la moindre parcelle de ce spectacle. Nul effet spécial de film, 3D ou autre, ne peut se comparer à la vision du vortex noir et mauve qui s'engouffre dans la clé ni à la féerie du paysage se libérant de ses souillures.

Lorsque la dernière goutte de liquide disparaît enfin, le tourbillon cesse dans un assourdissant borborygme. La clé tremble et saute des mains de Vic pour se poser dans un petit massif de fleurs blanches.

Victor l'empoche et exécute une danse de victoire digne d'un but marqué en finale de championnat. Au milieu de cette forêt maintenant enchanteresse, il lève le genou jusqu'à son coude, se déhanche, fait trois fois le tour de la clairière en tendant une oreille décollée vers une foule imaginaire et chante en rythme : « Oh oui ! oh oui ! mare disparue, oh oui ! »

Ces simagrées se poursuivent jusqu'à ce que, d'épuisement et de soulagement, il s'écroule sur le dos, les épaules secouées d'un rire libérateur.

CHAPITRE 25

Le soleil s'est couché sur Exégor. Dans le village de Kerr Haven, seule la grande place est encore illuminée, cernée de hautes torches allumées. Les habitants y font la file pour profiter de leur droit de parole. Kin-Lah-Tok, ayant retrouvé ses esprits, préside l'assemblée. Si ses taches noires ont entièrement disparu, aspirées par une étrange lueur mauve venue de la forêt, il gardera longtemps en mémoire le souvenir de s'être tenu de nouveau sur ses jambes. Le reste de sa mésaventure n'est qu'un grand vide ; il s'est réveillé retenu par deux cordes, les dents pressées contre le cou de To-Yutt.

L'assemblée traite d'ailleurs du sort de ce dernier, la gourde remplie de liquide maléfique ayant été la proverbiale goutte d'eau qui fait déborder le vase. Comme les diverses combines du trublion ont, par le passé, causé moult torts aux villageois, la file des accusateurs est longue.

Tout d'abord, il y a eu Lomba-Di qui s'est plaint que le « sérum de jouvence » vendu par To-Yutt à la dernière récolte ne lui a causé que migraines et maux de ventre. Ensuite, toute la famille Kat dont les économies ont été englouties dans son projet, supposément infaillible, d'élevage souterrain d'abicelles. Les plaintes continuent, chaque habitant comblant ses quelques minutes de blâmes et de remontrances.

La tête dans les mains, Lenta-Oh hésite à prendre sa place dans la file. Que pourrait-elle bien dire ? Certes, To-Yutt est exaspérant. Mais depuis leur discussion dans les champs, elle comprend mieux les raisons qui le poussent à de telles manigances. « On choisit sa place ! » lui a dit Vic avant de disparaître dans la forêt. L'accusé d'aujourd'hui cherchait seulement à faire la sienne… au moyen de méthodes douteuses. To-Yutt est en grande partie responsable de la mutation provisoire du chef, mais c'est également grâce à lui que Lenta-Oh s'en est sortie vivante. Comme seule témoin des événements,

Kin-Lah-Tok s'attend à ce qu'elle raconte ce qui s'est passé. La jeune Kampitoise ne peut se résoudre à condamner son sauveur.

Lenta-Oh aperçoit au loin le point lumineux de la torche improvisée par K'narr. Le retour de Vic et du Nordarien, accompagnés de surcroît par un des légendaires guerriers multaks, est accueilli avec un long silence admiratif, suivi d'applaudissements qui se muent à leur tour en acclamations générales. Si les villageois ignorent les détails des aventures du trio, sa réapparition, la disparition des taches sur le chef et la forte lueur mauve au-dessus de la forêt ne peuvent être de simples coïncidences.

Le chemin du retour a permis à Victor de faire le point, en plus de récupérer son soulier de course. Il réalise que sa réussite soulève plusieurs questions. Pourquoi sa grand-mère était-elle en possession de cette clé ? Comment expliquer la réaction du liquide maléfique à son contact ? Où l'anomalie est-elle allée ? Il s'imagine un second vortex apparaissant au-dessus d'un gratte-ciel, dans son monde à lui, déversant la flaque noire en plein centre-ville...

L'accalmie a également remis l'angoisse de ses parents au cœur des préoccupations de Vic. Au fil des embrassades et des félicitations, il n'a qu'une seule envie : repasser la porte et retourner chez lui. Chose promise, chose due, la foule des villageois se scinde en deux pour lui en faciliter l'accès. Plus rien ne le retient dans ce village ayant retrouvé sa quiétude. Plus rien, sauf trois adieux.

— Au revoir, Yamoz. Je te souhaite des milliers d'exploits !

Le guerrier multak monte en équilibre sur la pointe de trois doigts et joint ses quatre autres mains devant son œil double en signe de salut.

— Combattre dans un autre monde : exploit du quatrième cycle. Nous nous reverrons.

Vic tend ensuite la main à K'narr qui, après une petite hésitation sur la procédure, l'enveloppe de la sienne.

— De tous les phénomènes étranges que j'ai rencontrés, tu es le seul que je puisse appeler «ami». Je suis fier d'avoir exploré à tes côtés, petiot. Bonne chance de l'autre côté d'Exégor.

Victor Cordi se tourne vers la maison-nette au toit de tuiles bleues. Lenta-Oh se tient devant la porte, une main derrière le dos.

— Je ne possède pas grand-chose, mais je voulais t'offrir un souvenir.

Elle lui offre un drôle d'objet taillé dans le bois, à la fois peigne et fourchette.

— C'est une décoincette, explique-t-elle, pour débarrasser les piquants de leurs saletés.

Victor admire l'outil kampitois. Quel ajout merveilleux à sa collection d'objets inutiles ; un cadeau parfait. Il entend la voix de sa grand-mère dans sa tête : « À cadeau donné, impossible d'être oublié. »

— Tu as été très courageux, ajoute l'ado-lescente, emplie d'admiration.

Le sourire asymétrique de Victor s'élargit encore.

— Je n'en reviens pas moi-même. Parfois, on est plus fort que l'on croit.

Il déverrouille la porte à l'aide de la clé pour retrouver le placard de l'hôpital et dis-paraît dans un éclair mauve.

Pendant que la foule joue des coudes pour un petit aperçu de l'autre monde,

Lenta-Oh marche jusqu'à l'estrade. Elle a enfin trouvé la solution au cas To-Yutt, et c'est en souriant qu'elle prend la parole.

CHAPITRE 26

Une fois la clé retirée, Vic tambourine de toutes ses forces sur la porte refermée. Peu lui importe de déranger l'aile des soins de longue durée, il ne désire qu'une chose : sortir pour rassurer ses parents quant à sa disparition. Il ne faut que quelques secondes pour qu'une infirmière, dans une ridicule combinaison à imprimé rose, vienne lui ouvrir. Avant même qu'elle ait le temps de parler, Vic justifie son absence du mieux qu'il le peut.

— Ce n'est rien, je m'étais simplement assoupi dans ce placard !

Il ramasse sa boîte aux trésors, passe devant l'infirmière et se rue vers la chambre de sa grand-mère. Ses parents n'accepteront jamais un sommeil soudain comme excuse, lui qui n'a plus fait de siestes depuis l'âge de quatre ans ; il devra trouver autre chose.

En marchant le long du corridor, il envisage de tout leur raconter : le passage, Kerr Haven, l'anomalie. S'ils ne le croient pas, il pourrait ouvrir la porte et leur présenter quelques Kampitois ! Même le plus rationnel des adultes ne pourrait nier l'existence d'un autre monde devant de telles preuves ! À moins que leur esprit obtus ne sombre dans le déni ou, pis encore, la folie. Non, mieux vaux garder cette aventure secrète, du moins jusqu'à ce qu'il puisse tâter le terrain de manière subtile. Un simple « croyez-vous aux univers parallèles ? » lancé innocemment entre le steak et le dessert devrait l'aider en ce sens. Pour le moment, un mensonge crédible semble une meilleure solution.

Il pousse la porte de la chambre de mamie Glantine. Sa mère n'est pas en pleurs ; son père n'est pas au téléphone avec la police. Tout semble calme. Un regard vers l'horloge surdimensionnée accrochée au mur lui en donne la raison : il n'a été parti qu'une heure et demie. Il jurerait pourtant avoir passé une bonne journée à Exégor. Son estomac lui donne d'ailleurs raison en réclamant de la nourriture à grands gargouillis !

— Tu es là, mon chéri ! s'exclame sa mère. Mamie s'est endormie il y a quelques minutes ; nous allons bientôt partir.

— Je peux avoir un dollar pour prendre quelque chose dans la machine distributrice ?

Sa mère fouille dans son sac à main, en énumérant les recommandations habituelles.

— Vérifie bien les ingrédients, et garde-toi de l'appétit pour le souper.

Il empoche la pièce de monnaie et sourit lorsque ses doigts touchent la clé de sa grand-mère. « Est-ce que qu'elle connaît Exégor ? » ne peut-il s'empêcher de se demander. A-t-elle rencontré les Kampitois, les Nordariens et les guerriers multaks ? Seuls les ronflements de la vieille dame lui répondent.

Vic et ses parents reprennent le chemin de la maison, où le capitaine Carbone attend que le garçon retrouve sa manette. Après tout, ils ont un monstre extraterrestre à terrasser.

CHAPITRE 27

– Le village serait bien mieux sans To-Yutt. Tout est de sa faute, proclame Lenta-Oh du haut de l'estrade.

L'adolescente raconte, avec le plus de verve possible, comment l'accusé a subtilisé le dangereux liquide noir dans le but de le vendre au plus offrant. Possiblement – crime suprême – au Grand Machiavélicon lui-même. Avec les villageois pendus à ses lèvres, elle décrit comment le jet de liquide s'est échappé de la gourde pour atterrir sur les pieds de Kin-Lah-Tok, et toute la lutte qui a suivi, n'omettant aucun des détails, surtout les plus incriminants.

Au banc des accusés, une simple charrette remplie de bottes de foin vert foncé, To-Yutt sent son estomac se nouer et la colère monter en lui. Certes, il ne s'attendait pas à ce que l'adolescente l'épargne, surtout après qu'il l'eut traitée comme une enfant lors de leur balade dans les champs. Mais tout de même, elle y met tant de cœur et d'insistance qu'on dirait qu'elle essaye d'obtenir le châtiment suprême...

— Et c'est pourquoi je demande la pire punition que l'assemblée puisse infliger : l'exil.

L'assemblée délibère, le chef tranche en essuyant une larme discrète : «To-Yutt, je te chasse de ce village sans espoir de retour!»

***

Le lendemain matin, tout est prêt pour le départ. To-Yutt ne porte sur son épaule qu'un maigre baluchon contenant assez de nourriture pour survivre jusqu'à la grande capitale. Il a peu dormi. Lui qui avait rêvé de quitter le village en héros, les bras chargés de trésors, la tête remplie de projets, il quitte en paria, les mains vides. Selon la coutume, tous les habitants lui tournent le dos. Alors qu'il adresse un dernier regard à Kerr Haven, son village natal, il remarque un bout de papier accroché aux piquants de

Lenta-Oh. Son nom y est inscrit en grosses lettres. Il prend la lettre délicatement, sans être aperçu, et s'éloigne. Une fois le toit de la plus haute maison de l'agglomération disparu dans son dos, il déroule le document.

Cher To-Yutt, fauteur de troubles et voyageur dans l'âme.

Je sais que tu aurais préféré partir à l'avant d'une charrette chargée de richesses mais, parfois, à force d'attendre les conditions idéales, nos rêves nous passent sous le nez. Cet exil n'est pas une punition, c'est mon cadeau. Merci de m'avoir sauvée et, surtout, de m'avoir montré qu'un Kampitois n'est pas obligé de suivre le même chemin que ses pairs. Tu es plus fort que tu ne le crois. Avec ou sans fortune, tu te feras une place au-delà de l'horizon.

Lenta-Oh, paysanne ignorante et grande chasseresse de grisottes.

P.-S. : Lorsque tu auras fait fortune, garde-moi une chambre d'ami. Mon tour viendra.

To-Yutt reprend la route, le cœur léger. En plus de son baluchon, il transporte désormais un bien précieux : l'amitié d'une adolescente moins naïve qu'il ne l'avait cru.

ÉPILOGUE

Le docteur Bouillon analyse les dernières radiographies d'Églantine Cordi en secouant la tête. Une résidente sous sa supervision fait irruption dans la pièce.

— C'est pour la patiente avec le cancer au cœur? demande-t-elle, intéressée.

Il faut dire que, de tous les cas traités à l'hôpital, celui de la grand-mère de Victor est un des plus rares. «Tumeurs multiples au péricarde», indique son dossier. Une tragédie pour la famille, une expérience formatrice pour l'apprentie docteure.

Son mentor aurait préféré un cas plus routinier.

— Elle ne réagit pas du tout aux traitements. Au contraire, une nouvelle tumeur est apparue. Je vais devoir en informer son fils.

— Ne devriez-vous pas en parler à la patiente elle-même?

— Elle a perdu conscience durant la dernière visite de ses proches. C'est pourquoi j'ai ordonné de nouveaux tests.

Sur le cadre lumineux se trouvent deux radiographies étiquetées de dates différentes. La première compte trois taches foncées représentant les masses cancéreuses. La deuxième montre une quatrième tumeur… une tumeur en forme de croissant tronqué.

L'AVENTURE CONTINUE
DANS LE LIVRE 2...

Victor Cordi ouvre un nouveau passage vers Exégor. Sa mission : faire la lumière sur le mal étrange qui ronge le cœur de sa grand-mère. Mais là-bas, le Grand Machiavélicon est à ses trousses...

L'AUTEURE

Annie Bacon est née à Montréal, où elle vit présentement après une enfance tout ce qu'il y a de plus rive-sudoise. Elle a fait de la conception de jeux vidéo pendant une dizaine d'années, avant de tourner son goût de l'aventure vers le médium littéraire. Son imagination débridée y trouve un terreau fertile, et ses projets prolifèrent. En plus de signer une série de bandes dessinées parue dans le *Journal de Montréal,* elle a écrit trois albums personnalisés pour les Éditions Mille-pattes, ainsi qu'une série de romans jeunesse publiée aux Éditions du Phœnix.

Un univers hors du commun, un nouveau monde à lire !

LA TOUR DE GUET

LE JARDIN DE STATUES

①

Eve Patenaude

Charmés par une île isolée qu'ils ont découverte, les démons Okireï et Noénia s'y sont installés. Ils l'ont divisée en quatre domaines gouvernés par leurs enfants, quatre couples de jumeaux. Mille ans ont passé depuis qu'ils ont créé Posséteira, terre de tous les possibles. Mais Posséteira dépérit. Mérikir de Litheira a lancé un sortilège maléfique contre les humains du domaine voisin. Seuls Alaka et son frère Lioro y ont échappé. Ils semblent mystérieusement protégés du maléfice par leur petit ako apprivoisé. Accompagnés d'un allié inattendu, ils entreprennent un périlleux voyage pour sauver leurs parents et les habitants de leur village.

Achevé d'imprimer
en novembre deux mille treize, sur les presses
de l'imprimerie Gauvin, Gatineau, Québec